L'ENCLOS

DU MÊME AUTEUR

LES EAUX MORTES, roman, Albin Michel, 1975.

UN CIMETIÈRE INDIEN, roman, Albin Michel, 1981.

HENRY MILLER, biographie, La Manufacture, 1986.

LE TOMBEAU DE MÉDORA, La Manufacture, 1988.

ANTHOLOGIE PERSONNELLE (poèmes 1945-1985), Actes Sud, Prix Valery Larbaud 1990.

A paraître :

LA BATAILLE DE SAN ROMANO, roman.

ISBN 2-86869-782-8

Illustration de couverture :
Grant Wood, *The Midnight Ride of Paul Revere* (détail), 1931
The Metropolitan Museum of Art, New York

F. J. TEMPLE

L'Enclos

roman

ACTES SUD
HUBERT NYSSEN EDITEUR

Le titre de ce livre est aussi celui d'un film réalisé en 1960 par M. Armand Gatti. Nous nous faisons un devoir de le signaler.

à la musique

PRÉLUDE

Lorsque j'étais au collège de l'Enclos, je chantais. L'office des ténèbres du Vendredi saint avait ma préférence. Les accents hébraïques des *Lamentations de Jérémie* étaient une sève qui gonflait les neumes de ces thrènes désespérés, ponctués par les vingt-deux initiales d'un alphabet surgi du tohu-bohu de la Genèse.

Nul doute que Dieu, qui parlait latin depuis des lustres, avait en hébreu commandé aux ténèbres que la lumière soit. Et la lumière, sommée par cette langue nouvelle, fut. Il avait commandé que le monde soit. Et le monde, par cette langue, fut. Consacrée, elle était désormais la langue du futur, celle de l'Attente, qu'elle restera jusqu'à la fin des temps, en dépit des Exodes, des Captivités, des Déportations, des Inquisitions, et de toutes les Babylones de l'histoire.

Il importait peu que ces *Lamentations* fussent chantées en latin. Ce latin pleurait en moi tout autant que l'hébreu du psalmiste se souvenant de Sion sur les remparts de l'exil, ou que l'homme de foi et d'espérance caressant aujourd'hui le mur du temple de Salomon…

De lamentatione Jeremiae prophetae…

En latin, oui, mais les chants s'illustraient, en marge, dans l'ordre alphabétique, d'une lettre qui rappelait l'émergence de l'univers dans la bouche de Dieu. Par le pouvoir de ces lettres qui se lèvent en moi, tel un filigrane, chaque fois que dégringolent dans les arbres les notes envolées du carillon, l'Enclos est "remonté", pour devenir le Jardin des Très Riches Heures de l'enfance. Comment aurions-nous su, alors, que le Paradis était, de nature, destiné à n'être plus qu'un rêve ?

"Pourquoi m'as-tu troublé pour me faire monter ?" dit l'ombre de Samuel au roi Saül, chez la pythonisse d'Endor…

Dans l'homme tout est chemin perdu.

GASTON BACHELARD

Les générations passent et les arbres demeurent.

THOMAS BROWNE

Où sont les enfants morts et les printemps enfuis
Et tous les chers amours dont nous sommes
les tombes,
Et toutes les clartés dont nous sommes les nuits.

VICTOR HUGO

Je suis né dans une ville de moyenne importance promue capitale d'un empire. Par moi-même couronné, j'ai régné sur mon enfance.

Soixante ans plus tard, je tente encore, sur cet empire qui a fait naufrage, de récupérer les épaves que roulent çà et là les vagues de la mémoire.

Le hasard, il est vrai, vient à ma rescousse. Du jardin même où je me balance aujourd'hui dans le hamac suspendu entre un marronnier et un ailante, j'entendais, enfant, s'animer les matins. D'abord à l'aube, le charroi des tombereaux aux roues cerclées de fer qui sonnaient sur les pavés, tractés par des percherons fessus, aux durs sabots, égrenant des crottins fumants. Venaient ensuite, selon les jours, vendeurs de touailles, rémouleurs, pelharots, laitiers, tondeurs de chiens, ramoneurs, et tôt déjà, les tramways tintinnabulants.

Me voici donc tenu d'explorer un monde fermé, clos, en-clos, qui sous diverses formes avait été le lieu, le *paradaïsos*, d'une part de ma vie. Pour peu que je m'y applique, il me livrera des réalités toujours là, des jardins secrets où chuchotent génies et chimères.

Après avoir longtemps hésité, j'ai commencé de rêver à des mots, puis à des phrases, truchements incapables et traîtres, pour approcher d'une musique que Bach, Beethoven et Schubert eussent ensemble composée pour un violoncelle qui, je le sais trop bien, est celui dont jouait ma mère, le soir, dans la loggia, quand j'avais rangé mon cheval à roulettes...

... c'était l'époque du cheval à roulettes, un bon cheval pommelé en carton qui gagnait toutes les batailles dans la loggia ensoleillée du troisième étage. Bien que ce fût à l'aube de ma vie, je me souviens pourtant du petit cheval pommelé ; et cela va et vient comme un sanglot dans ma mémoire...

Il est déjà loin le temps de *la Mer sauvage*, un récit par lequel j'avais tenté d'expulser les gaz délétères de l'enfance retrouvée dans la fabuleuse expérience des combats. Et si j'y reviens maintenant, c'est bien parce que rien n'est dit une fois pour toutes et que le cheval pommelé, rejoint par les blancs destriers du grand manège montant et descendant en compagnie d'hilares cochons roses et de cygnes en majesté, ne cesse de tourner en moi…

L'autobiographie est du plus pur roman.

J'invente donc un passé qui est le mien, mais aussi celui d'un autre que je fus.

Voici le temps du retour aux herbages
après la grande fenaison,
le temps du mémorial et du plain-chant
de l'enfance, élevé sur les sources
à l'orée du voyage.
Sous le lichen gît la pierre
intacte. Et les voix
ranimées au bruit des pas furtifs
du vieil enfant bourdonnent
dans le rucher panique
des années convoquées…

Hier le printemps a disparu. Voici l'été. Le robinier a perdu ses grappes de fleurs parfumées. Les martinets, soudain là, trissent sur les toits roses. Les sauges éclatent d'un bleu vif parmi les géraniums. Une huppe pupule.
Ce soir, dans la nuit tiède, l'infatigable rossignol enroulera ses arpèges autour des marronniers.

Je me balance dans le hamac en écoutant le carillon voisin qui lance tous les quarts d'heure les notes d'une phrase grégorienne que je n'ai pas oubliée. Je la chantais voilà cinquante ans. Et voici les choucas, descendus du clocher, prêts à piller le cerisier, au premier rougeoiement des fruits.

Tout est en place. Seul le temps a épaissi. Comment s'en étonner ? Ce soir me parviendra, une fois de plus, le concert grinçant des rainettes qui peuplent depuis toujours la bambouseraie proche…

Souvent, à travers l'épaisseur d'un taillis, on bute sur un ancien ballast que les herbes ont recouvert. Les rails sont toujours là, oubliés de tous, terribles sous le soleil. On les suit. Bientôt apparaît un aiguillage figé de rouille, ou la masse noire d'un fourgon vide, au silence menaçant, foudroyé au terme de son dernier voyage. Essieux, chaînes, longrines, disques, attelages gisent dans les ronces : reliques dispersées… Ah ! l'effroi qui nous prend dans les gares mortes de l'enfance !

Dans le marronnier qui surplombe le hamac, un rouge-queue frétille en picorant l'écorce. Hier à la même heure, un écureuil y folâtrait, plus léger que l'air.

La chaleur méduse le jardin. Seul bouge le hamac. Tout est figé. Le rouge-queue, qui ne tient pas en place, n'en est que plus insolite. Et, martelant l'épaisseur ouatée, le carillon sonne…

Gloriosus apparuisti
In conspectu Domini
Alleluia, alleluia…

Les yeux clos, j'écoute ces notes qui reviennent à la surface du temps. Si l'on pouvait rattraper celui-ci et qu'un jeune garçon de douze ans apparaisse, rien ne serait modifié du côté du carillon. Les notes qu'il parsème n'ont pas d'âge. Que lui importent la naissance et la mort…

Un matin, voilà bien longtemps déjà, j'ai largué mon paquetage dans une caserne de Baden-Oos, ne conservant que mon calot rouge de spahi. J'avais encore à me persuader que c'était bien fini, cette fois, la guerre. Il fallait dire adieu à la Forêt-Noire, au petit village de Schönmunzach, sur les bords de la Murg. Adieu aux truites, aux chevreuils des essarts, à l'auberge de Herr Basch – l'œil vairon –, à sa cauteleuse épouse, et à la grosse Hildegarde qui tremblait en faisant tous les matins nos lits imprégnés de la célèbre odeur forte des soldats vainqueurs.

Les combats terminés, nous avions vécu dans ce monde clos, protégés par d'épaisses murailles d'arbres. Ailleurs, tout se faisait sans nous ; les échos nous en parvenaient affaiblis et ne pouvaient nous distraire de notre vie de château. Au long des mois nous avions paressé dans une douce frairie, oublieux de la tornade qui avait balayé l'Europe. Mais ce bien-être, dans un état qui semblait ne devoir jamais finir, nous savions que c'était aussi la forme que prend la guerre, lorsqu'elle est rassasiée, pour nous enfermer dans un enclos d'indolence et, peut-être, de bonheur.

Oui, de bonheur, dans ce prolongement de l'enfance, des grandes vacances, parmi les prairies fourragères, le parfum des résineux, des framboises, de l'humus, le sifflement railleur des piverts, les plaintes des hulottes. L'été, avec les fougères, les taupes, les fenaisons, le vent chaud dans les sombres ramures, le bourdonnement vertigineux des mouches. Puis la grande marée de rouille de l'automne, les bogues, les champignons, les brumes matinales, le brame des cerfs, les premiers frimas. Enfin, la bise, les aubes noires, la forêt soudain lourde de neige…

Six mois de convalescence après le retour des Enfers. Six mois de sursis, avant d'émerger dans l'existence. Six mois de camaraderie, comme à l'Enclos, autrefois. Ici, les randonnées au long des torrents, à travers les futaies, vers le lac Noir, remplaçaient les billes et le football. Carabine à la saignée du bras, nous marchions dans les hautes herbes rousses, à pas feutrés, le regard fixé sur l'orée des clairières, pour surprendre les battements des larges oreilles des biches entre les fougères et, peut-être proches, les andouillers d'un mâle, branches parmi les branches. Nous avancions en voltigeurs ; le gibier était d'une autre espèce, et nos sentiments. Nous portions le même uniforme, mais la guerre était finie ; nous en imitions les jeux, mimant la progression sous le couvert, vers la proie à débusquer (qui naguère pouvait être aussi le chasseur), sans nœuds au cœur ni colique au ventre… Nous rentrions à la nuit, humides, suants, chargés de venaison, la tête pleine de la rumeur des arbres… Pour notre première permission, nous étions partis à Paris, avec le camion frété par un lieutenant qui l'avait bourré de tapis, de Leica, de jambons de Souabe, de réveils de Triberg, de machines à écrire, que nous devions convoyer jusque chez lui, rue de Grenelle. Ensuite, nous avions parcouru tout Paris, traînant de lourdes valises à travers la capitale, en choisissant naturellement les plus longues rues, car nous ne savions pas prendre le métro et encore moins les bus. Nous étions jeunes, nous avions appris à marcher de nuit et de jour, ce que nous faisions ici pour le simple plaisir de vivre et de nous endormir à l'aube, fourbus mais heureux…

… la fête était finie. Il fallait vivre, c'est-à-dire rêver. Hier, les morts allaient à leur rendez-vous. Maintenant, le quotidien médiocre, au masque d'avenir, s'installait aux commandes. Comment relier le réel au réel ? Comment retrouver intact un monde que l'on avait pu admettre comme perdu, qui n'était plus le même ? Comment oublier le craquement des obus, et les chairs ouvertes, considérer désormais la vie comme plus importante que les journées passées à l'ombre de la mort ? Un grand nuage était venu sur le soleil et l'avait à jamais obscurci. Le soleil, lui aussi, portait des tatouages. Il ne pouvait être question qu'il eût le visage d'autrefois. L'ombre était passée. Les morts n'avaient connu de la vie que l'enfance, qui s'était

terminée dans un opéra de cauchemar, un carnaval tragique et grotesque où le sang pleuvait en confettis sur les fanfares de musique concrète. Les morts avaient raison ; ils ne s'étaient pas réveillés de cette partouse. Moi, j'étais là pour ramasser leurs médailles et contempler les tristes lendemains de fête...

Etait-ce donc la fin ? Les quatre joyeux compagnons qui descendaient avec moi sur Marseille n'en étaient pas sûrs non plus.

Ensemble, nous avions traîné nos godillots pendant quatre ans sur les champs de bataille, et voici que tout d'un coup il nous fallait nous séparer, pour toujours sans doute, après tant de chiasse commune, de bordées napolitaines, de pieds gelés dans les Abruzzes, de frairies romaines, d'équipées en Forêt-Noire, sans oublier les déjà lointains mais inoubliables barouds dans les sables du désert. Il nous fallait maintenant revenir aux réalités, vivre ailleurs, autrement, chacun de son côté, avec des métiers, des femmes, des administrations, des feuilles d'impôts, bref toute l'importance dont l'homme tient à se parer. Certes, la guerre est terrible, mais n'est pas sérieuse. Il est difficile de changer de style lorsqu'on a longtemps frayé avec la mort, compagne quotidienne et familière, dévoreuse de tous ces amis que nous allions désormais trahir en vivant...

Arrivés très tôt à la gare de Baden-Oos, nous étions assurés de trouver des places dans le train qui allait partir vers le sud. Pour avoir la paix, nous avions barricadé notre compartiment en clouant la porte. Il était temps. Les démobilisés envahissaient bientôt la gare ; les wagons étaient pris d'assaut. Jubilants, nous écoutions les engueulades, les bruits de bagarres, les coups de poing, derrière le rideau baissé de notre fortin où nous pouvions nous étaler tous les cinq, avec les trophées que nous rapportions, sans oublier le rejeton de la chienne d'Adolf Hitler, qui était notre mascotte depuis que nous l'avions enlevé du chenil de Berchtesgaden, et qui partait maintenant pour noyer ses puces dans la Méditerranée…

Nous étions heureux et tristes. Aussi avions-nous, sans nous concerter, passé tout le voyage à dormir, pour retarder dans l'oubli le moment de notre séparation… J'aurais dû descendre à Avignon. Je feignis le sommeil. C'est à Marseille que j'allais vraiment terminer la guerre.

A la gare Saint-Charles, nous nous sommes regardés, d'un air bête et douloureux. Etait-ce vraiment la fin ? Il fallut se résoudre à déclouer les planches, sortir de notre repaire, surgir sous l'œil ahuri de la cargaison humaine encaquée dans le couloir.

Et voici que nous étions sur le quai, timides, désemparés. On tira au sort le chiot d'Hitler, que je n'eus pas. Ses os doivent blanchir depuis longtemps quelque part en Algérie où mes copains allaient achever leur voyage. Nous avons échangé nos adresses, machinalement, en balbutiant un "au revoir" trompeur…

— On s'écrit, hein ?

— A bientôt !

Rien de moins sûr, nous le savions. C'était la fin, maintenant, à tout jamais.

Je pris le premier train qui, hors du monde clos, filait vers ma ville natale.

Seul, orphelin.

J'allais devenir un autre…

Dans ma torpeur, j'entends la rumeur prolongée d'un train…

Je ressens encore le roulis du *Samuel Adams* en route pour les côtes italiennes dans la nuit noire de la guerre. Je suis, à travers le temps, dans les mêmes conditions que le jeune guerrier qui, avec un grand étonnement blessé et une immense fatigue, redécouvre sa ville natale. Dans une cabane adossée aux dunes de la Grande Plage, j'avais jadis écrit le livre qui devait me libérer. Mais l'enfance et la guerre avaient fait alliance contre moi et j'avais dû, dès lors, vivre dans un combat sans fin entre moi et l'autre. Je me rends compte, en relisant *la Mer sauvage* dans le calme de l'été, que je pourrais l'écrire maintenant sans y changer une ligne. Il n'avait rien résolu en son temps ; il ne résoudrait rien aujourd'hui. Et de plus, le carillon est là pour faire remonter d'autres adversaires qui ne seront jamais vaincus…

… j'avais vu tant de villes détruites que, revenant chez moi, après la guerre, tout

m'était apparu comme ruiné, sous la lumière nocturne. Une lune biscornue, étroite, blanche, caillée de froid – c'était en janvier – m'avait accueilli dès les chemins creux qui ceinturaient les faubourgs. Je marchais à travers les bosquets de cette haute colline d'où nous apercevions, enfants, la mer violette et les baraques du lido dans une coulée de soleil.

L'hiver avait arrêté gestes et soupirs. Tout faisait silence dans la campagne ; durant l'été, là s'élevait le concert des rainettes et le tendre appel modulé des petits ducs dans les chênes verts. Le clair de lune transformait la ville en un vaste champ d'ombres chaotiques et de lumière froide. Les maisons s'y découpaient en arêtes aiguës. Ainsi Karlsruhe, l'année précédente, et d'autres villes fantômes que nous avions traversées en frissonnant : Fribourg-en-Brisgau dont seule pointait la flèche de la cathédrale (au fronton d'une porte restée debout, je vis un bébé de marbre tenant un crâne dans ses mains), Pforzheim muée en taupinière, et des villages pulvérisés, consumés, anéantis. Mais ma ville était bien là, inchangée, intacte, après cinq ans. Rien n'avait altéré la quiétude des chemins creux : les toits roses dévalaient toujours de la haute promenade, en vagues paisibles, vers la mer proche et luisante…

Mon premier geste, en arrivant dans ma ville, après la guerre, la tête encore bruissante du vent qui faisait frémir la Forêt-Noire, troublé d'avoir oublié les réflexes qui avaient été les miens, égaré en un lieu aux repères brouillés, fut de revoir, d'abord, la maison sur la colline, aux portes de la ville…

Le vent avait abattu plusieurs pins de grand âge, mal enracinés sans doute dans un humus trop léger. D'autres arbres avaient grandi. Je reconnaissais à peine les genêts que j'avais plantés, lorsque ma mère habitait là, les céanothes, les buissons de coronilles et d'agnus-castus, les lilas qui avaient poussé à la diable depuis l'abandon de la maison. L'un des vases d'Anduze était fêlé. Les bancs, jadis repeints à chaque printemps, avaient perdu leur couleur verte. Deux d'entre eux étaient à moitié disloqués. Les sophoras soulevaient les dalles de la terrasse avec leurs épaisses racines insinuantes, comme des bras de morts à travers une tombe. Il aurait fallu, aussi, repeindre les volets aux planches disjointes et tailler les buissons de lauriers-tins. Les marronniers eux-mêmes, dans la douce lumière d'automne, paraissaient revêtus de rouille.

Plus bas, franchies quelques marches qui descendaient vers un champ mitoyen, se dressait le squelette du portique aux agrès. Depuis longtemps, il n'y avait plus d'enfants pour faire grincer la balançoire, aujourd'hui pourrie, et le trapèze qui avait chu, rongé par l'air salin. La corde à nœuds gisait dans les hautes herbes folles.

Au loin, j'apercevais la mer qui brasillait au-dessus de la ville, insensible à l'usure, indifférente au vieillissement des traces humaines. Des reliques, voilà ce que j'avais trouvé au jardin désert.

La maison dormait en silence. J'eus l'impression de pénétrer dans un sépulcre. J'aurais voulu crier : "Lazare ! Lève-toi et marche !" Mais qui serait sorti, sinon moi-même ? Les meubles voilés de toiles d'araignée avaient perdu leur éclat et l'odeur que donnait autrefois la cire fraîche. Dans la cheminée, un amas de cendre ajoutait sa note froide à l'humidité qui avait envahi les lieux. Des plâtras détachés des murs et du plafond jonchaient le carrelage, tel du salpêtre. Je ne pouvais que respirer la fadeur des demeures périmées. Dans un coin – ô la terreur qui m'envahit ! – gisait le violoncelle de ma mère, vieux cercueil éventré. Dans ma chambre, à l'étage, je retrouvai mon petit lit de bois recouvert d'une fine poudre grise. Des livres que j'avais oubliés semblaient occuper sur les rayonnages une place hors du temps. Je n'osai pas les déranger. Je sortis doucement, comme un voleur, en tapinois, pour ne pas troubler le silence ; intrus dans ma propre maison.

Dehors, j'eus, par différence, le sentiment que le jardin avait embelli dans le soleil couchant. Un immense globe rouge s'enfonçait derrière les collines sombres en jetant des lueurs ocre et bleu. L'air frais chassa les miasmes.

C'est alors que j'avais entendu dans les taillis, en contrebas de la terrasse, le coassement clair et monotone d'une rainette attardée dans l'automne naissant. J'aurais aimé pouvoir dire : *"Sois calme. Tout est là comme autrefois. Ecoute..."* Mais je ne pouvais m'empêcher d'entendre en moi monter la plainte de celui qui, depuis longtemps, m'avait ouvert la route des forêts du Nouveau Monde : "Je cherchai la maison que j'avais habitée et le café que je fréquentais : je ne les pus retrouver ; tout avait disparu, hommes et monuments."

... Des recoins de la conscience, noms, odeurs, cris, souffrances, espoirs remontaient à la surface comme des noyés rendus par les flots. Voilà maintenant qu'à l'orée de l'automne, dans la tiédeur d'une cabane adossée aux dunes, entre la mer et les étangs, je tente de rassembler les mille débris d'un miroir brisé. Et je reprends, par-delà les années, le récit oublié. Je peux ainsi parcourir les jardins, ne plus penser aux enfants d'alors, fouler le sable de la plage, regarder la ville mauve derrière moi et la grande

dent brumeuse du pic dans le soir. Je peux revivre mes anciens rêves, bâtir à neuf mes vieilles demeures, voir couler comme jadis la petite rigole de la cascade que dévalaient des navires chargés de trésors, parcourir les rues d'ombre qui m'avaient envoûté : serpentines, tortueuses, pavées de galets durs, où gémissaient des mendiants sur le passage des écoliers, petits enfants écrasés de peur devant cette porte qui allait s'ouvrir sur le sourire glacé de Mademoiselle et se refermer comme une claque ; mais surtout la rue où s'avançait (et s'avance encore lorsque j'y passe comme poussé par une force secrète) la terrible vicomtesse laide et velue. Où est donc le petit livre d'images qui me cloua de stupéfaction lorsque j'y découvris un bonze ventru dont le visage riait comme celui de la vicomtesse ? C'était une femme au menton râpeux, à la paupière lourde et sanglante. Je crains de ne pas me tromper en confessant mon espoir, mêlé d'une horreur latente, qu'au détour d'une venelle apparaisse la vicomtesse obèse et lippue qui me serrait jadis sur son ventre de satin noir…

Je n'entends plus le train. Les notes du carillon de l'Enclos ont ouvert d'autres portes. Je les franchis volontiers, m'étonnant un peu de la facilité que j'ai de retrouver les anciennes traces, de mettre les pieds dans les vieilles empreintes, sous l'effet d'une impérieuse manie de vouloir à tout prix "dresser le cadastre de ma campagne perdue", comme disait un philosophe barbu.

Hier je suis allé travailler à la bibliothèque municipale. C'est une visite que je fais plus rarement depuis quelques années. Il faut que j'en aie vraiment besoin pour que je me retrouve, non sans plaisir d'ailleurs, dans la grande salle de lecture, au milieu des étudiants et de quelques érudits. Que le temps passe ! Le préposé aux fiches, visage nouveau pour moi, m'a demandé ma carte d'identité. Naguère on m'eût salué. La même chose en ville où je ne croise plus personne que je connaisse ou qui me connaisse. J'ai l'âge de me souvenir d'une ville qui n'existe plus, cité campagnarde, ceinturée de chemins creux aux murailles de pierres sèches où se nichaient des ravenelles, des câpriers et des pariétaires. Il en reste quelques pans, çà et là, dans les collines. La scène a changé. La chance s'amenuise chaque année de rencontrer, dans les coulisses, de vieux personnages, fantômes en exil, derniers témoins de ce qu'était la ville de leur enfance.

Je suis né le jour de la Sainte-Hélène ; un détail qui importe : mon anniversaire a toujours été lié à la fête de mon arrière-grand-mère. Napoléon n'y est pour rien, encore que je me surprenne souvent à fredonner un vieux refrain que me chantait dans ma jeunesse Tantillon, ma grand-tante :

Si j'étais hirondelle,
Que je puisse voler,
A l'île Sainte-Hélène
J'irais le retrouver...

Mon arrière-grand-mère, toujours vêtue de noir, cette couleur magique de la femme en Méditerranée, un trousseau de clefs à la ceinture, était pieuse sans ostentation, douce mais ferme ; sa vigilance préservait du pillage les provisions serrées dans une grande armoire en noyer, surtout la boîte de biscuits secs. J'entends encore son pas, clopin-clopant, le bruit mat de sa canne. Une ancienne chute la retenait depuis longtemps cloîtrée chez elle. Par beau temps, elle profitait du balcon et du spectacle de la rue. Elle mourut fort âgée, lorsque j'étais en mon adolescence…

Mais ce jeudi matin d'août, mon arrière-grand-mère ne prenait pas le soleil sur son balcon, car au moment précis où je naissais, à 10 h 30, il tombait des cordes. Un orage fracassant saluait ma venue au monde. Ma mère me fit cadeau de la vie au premier étage d'une maison entourée d'arbres, à quelques pas de ce petit enclos où j'allais plus tard passer quelques années, et dans lequel je me retrouve aujourd'hui, me balançant dans le hamac du jardin. Il était campagnard, ce quartier, bien qu'à vingt minutes à pied du centre de la ville ; cela suffisait pour que l'on parlât de "villégiature". Je suis donc né dans le parfum des roses pompons, le bourdonnement des cétoines, le chant des oiseaux – sans doute les loriots qui me réjouissent tant aujourd'hui étaient-ils déjà là ? – et le tintamarre des tramways qui brinquebalaient à travers les faubourgs maintenant engloutis par la ville débordante… Le jour de ma naissance, un prunier fut planté dans le grand parc sombre au bord de la Sargue, à Fondagues. Cette année-là fut fertile en événements de diverses importances…

A l'Athénée, le match Carpentier-Dempsey concurrençait *l'Orpheline*, le ciné-roman en douze épisodes de Louis Feuillade sur la tombe de qui, trente-cinq ans plus tard, j'accompagnerais, à Lunel, une forme au visage bouffi de cartomancienne, Musidora, la première vamp. On se demandait alors quel rôle avait joué Raspoutine dans la mort de Kitchener, tandis qu'Alexandre Millerand descendait de son landau, place de l'Embarcadère. On inaugurait sans rire l'époustouflant monument à Rabelais dans le Jardin des plantes, et le théâtre plein comme un œuf retentissait des accents déchirants de Mme Second-Weber dans une tragédie en vers, *Cassandre*, de Jeanne Galzy. Un éléphant paradait en ville porteur d'une banderole vantant un papier à cigarettes : Je ne fume que le Nil, et le thermogène Pierrot, crachant le feu, inondait de flammes vertes les murs des Dames de France ou du Sans Pareil. Les Sinn Feiners semaient des bombes en Irlande, Shackleton se lançait pour la quatrième fois à la conquête du pôle austral, Pierre Ier, roi des Serbes, des Croates et des Slovènes, mourait ; une flotte anglaise croisait dans la Baltique, et cela faisait la manchette des journaux, jouxtant la réclame du chocolat *La Faveur*. Je naquis au milieu de tout cela, à la saison des pêches, et naturellement je grandis…

Je m'émerveille d'habiter la maison même de mon adolescence, à deux pas du lieu qui me vit naître ; d'avoir retrouvé le jardin intact – des photos sont là qui me le disent –, le cerisier à la même place, et les marques encore visibles d'une volière, hôpital pour les oiseaux blessés, rapportés par l'oncle Blaise des marais de la Grande Plage, et d'entendre les rumeurs du trafic, les cris des paons, le grincement des rainettes, comme autrefois, dans le souvenir d'un autre Enclos qu'une simple rue sépare de celui-ci, créé voilà plus de cent ans, et dont un historien local avait chanté la louange vers 1930 : "Au long d'un ancien chemin qui va de la ville au cimetière, parmi les terrains vagues et les jardins potagers, voilà près d'un demi-siècle, un bon citoyen fit un enclos ; il érigea, au milieu, une statue de la Vierge, et bâtit, un peu au hasard de l'espace, entre la statue pieuse et les murs, de petites maisons. Il mit autour des maisons des fleurs et des arbres, puis offrit le tout en location.

Et ce fut «l'Enclos» – où de graves professeurs de l'université s'établirent, dans la paix du faubourg et l'agrément d'un site de campagne. Ils eurent vite fait d'y attirer leurs élèves, leurs collègues et leurs amis, d'y manifester leur goût des idées pures, des initiatives généreuses et désintéressées. Toutes les misères humaines, celles des individus proches ou lointains, celles des peuples, surtout lointains, toutes les causes passionnantes dans lesquelles la Vérité, la Justice, la Liberté paraissaient mises en péril, trouvèrent à l'Enclos l'accueil le plus favorable et le concours le plus empressé.

L'art, qui n'a point de patrie, la littérature d'inspiration européenne, le tolstoïsme et la philanthropie à la mode anglo-saxonne y réunissaient des adeptes fervents et des propagateurs ingénieux. Les plus hauts problèmes de philosophie religieuse et les plus beaux rêves de palingénésie sociale s'y débattaient avec une ferveur discrète, dans des salons modestes, autour d'une tasse de thé pâle et de gâteaux secs. Les esprits et les visages également austères s'y détendaient à des sortes d'entractes, durant lesquels des voix de bonne volonté répétaient un chœur de Gluck pour la prochaine réunion de l'université populaire ; ou bien une dame charitable chantait, accompagnée d'un piano grêle, l'admirable *Procession* de César Franck :

Dieu s'avance à travers les champs...

Entre cette évocation mélodique du saint sacrement et la Vierge du propriétaire flottait ainsi sur l'Enclos le plus touchant esprit du protestantisme libéral.

Quand mourut le savant professeur qui nous était venu là de la Suisse romande, quand les autres locataires – les autres adeptes de l'Enclos – furent dispersés par la mort ou le hasard de leur carrière, l'Enclos, cependant, ne mourut pas. Il fut seulement transposé. De l'autre côté du vieux chemin…"

Deux Enclos, donc, se faisaient face. Le vieux chemin était devenu une artère drainant la population citadine vers la campagne ; puis, une rue goudronnée ; maintenant une avenue, terme ambitieux car sa largeur est la même ; de mon jardin, je la traverse en trois enjambées pour me retrouver devant le portail de fer de l'autre Enclos.

Hier, quittant hamac et jardin, j'ai pris le chemin de la vieille ville, seul quartier où je puisse aujourd'hui me reconnaître. Au détour d'une rue surgit brusquement l'un des personnages de mon enfance, que j'imaginais enfoui dans les combles du temps. Voilà cinquante ans, la vicomtesse de Lédanguin m'apparaissait déjà fort laide et très vieille. J'étais stupéfait qu'elle existât encore. Quel âge devait-elle donc avoir ? Etait-ce bien elle ou son fantôme, avec son même chapeau de paille noire, vernissé, orné de plumes mordorées arrachées à la queue d'un coq, comme sur les coiffures des bersagliers, son corsage de soie luisante qui prenait des tons d'ardoise ou d'aile de corneille, son grand sac de perles noires battant sur ses fortes hanches, le teint sombre de son visage où triomphaient plus que jamais deux énormes verrues noires ; ses lèvres lippues et mauves, ses yeux noirs exorbités (enfant, je les comparais aux boutons de mes bottines) lui donnaient un air furibond démenti par la bonhomie de son caractère et sa lourde démarche canarde.

— Bonjour, Basile... (Et cette voix rauque, traînante, à l'accent châtié, une voix dont je disais autrefois, au grand plaisir de l'oncle Blaise, qu'elle était poilue... "Une voix poilue, où donc cet enfant va-t-il chercher ça ?" disait ma grand-mère.) Vous êtes bien Basile, n'est-ce pas ? Vous ne me reconnaissez pas ? Je suis Anaïs, la fille d'Eulalie de Lédanguin qui fut l'amie de votre grand-mère... Comme vous avez grandi !

Je le savais qu'elle avait connu ma grand-mère, et que j'avais grandi.

— Je me souviens très bien de vous, madame, dis-je (en fait, c'était sa mère que je regardais), je vous rencontrais lorsque j'étais enfant, le dimanche, à la pâtisserie des demoiselles Raffin (elles étaient toujours là les demoiselles Raffin, immuables, derrière leur comptoir chargé de mille-feuilles, de saras, de jésuites, d'allumettes aux anchois et de religieuses), vous achetiez des babas avec votre mère, et ma grand-mère des brioches...

— Pieuse femme...

Pieuse, certes, celle qui m'avait offert un autel miniature, avec tous les accessoires : patène, calice, ciboire, corporal, légile, hosties, burettes, ainsi qu'un petit encensoir où brûlait à gogo du papier d'Arménie ; j'accomplissais le simulacre de la messe dans la chambre de ma grand-mère à chacune de mes visites. Cette ivresse par l'encens, je l'avais éprouvée aussi dans ma prime jeunesse à la basilique où j'officiais le dimanche, enfant de chœur à longue robe rouge, à surplis de dentelle et calotte écarlate, jusqu'à ce jour des Rameaux où m'étant battu avec un autre chérubin, à coups de branches de laurier-sauce, Mgr Impartibus m'exclut de la céleste cohorte…

— Ah, votre grand-mère, reprit Anaïs de Lédanguin, votre grand-mère…

Elle s'efforçait de faire monter en elle le passé comme l'on fait prendre une mayonnaise en la battant ; mais si elle avait pu me reconnaître – ce qui était un prodige – elle ne savait que dire : "Ah, votre grand-mère" et : "Que vous avez grandi", en me regardant de ses yeux globuleux, étonnés, et moi fixant les deux verrues noires et poilues, avec la vision intérieure et demi-séculaire de la vicomtesse Eulalie dévorant des babas gorgés de rhum, chez les demoiselles Raffin, le dimanche à midi, après la messe célébrée dans la basilique par Mgr Impartibus que j'avais revu, à la veille de la guerre, dans sa longue soutane à ceinture pourpre, en compagnie d'Emma Calvé, le "rossignol rouergat", comme disait l'oncle Blaise…

— Allons, je suis très heureuse de vous avoir rencontré, mon petit Basile…

Anaïs de Lédanguin redémarrait, comme jadis sa mère, de sa lourde allure déhanchée, et s'enfonçait dans la ruelle, à la manière des fantômes dans les vieux contes anglais.

Me voici maintenant oscillant dans le hamac du jardin. De cette rencontre a surgi une époque que je revois comme à travers les images d'une lanterne magique. Avais-je rencontré Anaïs de Lédanguin ? Existait-elle ? N'avait-elle pas rejoint dans ma rêverie la vicomtesse Eulalie, l'autel miniature, le profil aigu de Mgr Impartibus, ma pieuse grand-mère, la longue robe rouge d'enfant de chœur, Emma Calvé et les demoiselles Raffin qui, un bon demi-siècle après, alignent toujours, comme jadis, derrière leur vitrine, avec les mêmes petits gestes mignards, des millefeuilles et des babas ?…

Le Père des pères promettait d'être ce qu'on nommait dans les salons de manière banale un "brillant avocat", avant d'accéder à la prêtrise à la suite d'un intense chagrin d'amour. Il avait créé un orphelinat dans un parc fleuri surgi de terrains vagues. De simple îlot, l'Enclos était vite devenu un royaume. Une principauté d'abord, riche d'une modeste chapelle, de deux maisons à étages, et d'une cour à l'ombre de quelques pins, où s'égaillaient une trentaine d'orphelins et une poignée de nonnes vouées au Poverello. Le futur Père des pères occupait une aumônerie de quatre pièces, agrandie en 1910 pour y loger des étudiants. L'année suivante, des jardins proches furent acquis, et une villa, entourée de bambous géants. Bientôt, un immeuble neuf, en belles pierres de taille, remplaça des écuries puantes : ce furent les salles de classe du futur collège, et la salle Bleue, ainsi nommée pour sa couleur dominante, vouée au théâtre et surtout à la musique. Une bonneterie voisine, une autre villa, un terrain de ronces et d'orties où campaient des caraques (nous l'appellerions longtemps la "cour des Miracles"), furent annexés. Intrépide, Le Père des pères, sur sa lancée, franchit un ruisseau, traversa des rues, conquit des vignes, des vergers, des domaines, des terres vierges, augmentant son fief comme un roi de France. Les fondations pour un nouveau sanctuaire furent creusées. Un jour d'octobre 1913, le blanc vaisseau gothique, dont je vois le clocher se dresser à travers les arbres sur un toit vert-de-gris, fut inauguré.

A peine le clocher avait-il commencé de resplendir que la guerre, un jour d'été 1914, éclatait. Transformé en hôpital, l'Enclos reçut de nombreux blessés. L'un d'eux, musicien, chef d'orchestre de grande réputation, s'y établit et fonda une chorale. Il traçait ainsi la route d'un jeune homme doué qui deviendrait le *Kapellmeister* de mon enfance.

Et ce fut la paix. L'Enclos s'épanouit. A l'orphelinat, au centre d'apprentissage, s'était greffé le collège. Suivirent d'heureuses et fertiles années où les études allaient de pair avec les arts. Le Père des pères n'hésitait pas à interrompre la classe pour entraîner ses troupes à la salle Bleue où répétaient les chœurs de l'Enclos, dont la renommée avait grandi ; ou vers la ville, pour un pianiste célèbre (un soir, Walter Rummel, jouant avec sa longue chevelure), des basses russes ou un académicien. On vit un jour le Père des pères convier à déjeuner parmi nous, au réfectoire, une dame qui allait chanter le soir même à la salle Bleue dans *le Roi David* d'Arthur Honegger : "Mme Lina Falk", nous annonça le Père des pères avec fierté. Elle nous sourit avec une savante modestie et nous offrit à la fin du repas *la Truite* de Franz Schubert. Une autre fois, ce fut un ténor de concert, Jean Planel, dont *l'Enfance du Christ* de Berlioz était alors le triomphe, et j'avais dû chanter devant lui, les jambes molles, *l'Eternel est mon berger. Le Roi David* n'était encore connu que de rares mélomanes. Il fallait bien un Enclos, un Père des pères et un *Kapellmeister* pour le faire sortir de l'ombre. Quelle scène d'une ville de province aurait eu le goût de se tourner vers *l'Annonce faite à Marie* ou vers *Jedermann*, pièces qui ne faisaient pas courir les ouailles paroissiales ? Je revois encore, à la salle Bleue, Albert Lambert, croulant sous les ans, dans *Hernani*. Doña Sol, dont je respirais, porteur de flambeau que j'étais, à perruque rousse, l'âcre sueur des aisselles, agitait ses bras de saindoux qui me semblaient promettre une volupté dont je n'avais pas encore la moindre idée de la forme que la vie lui faisait prendre ni des circonstances qu'elle lui offrait.

Un savant réputé, astronome et mathématicien (on connaît son portrait, enfant, par Jacques-Emile Blanche), ne dédaignait pas de monter sur les planches pour énoncer, sous le couvert du portier de *Macbeth*, les trois effets du vin. C'est lui, petit homme rond et court, qui surgit un soir au réfectoire, tel un bolide. Lunaire et volubile, il nous poussa dehors en toute hâte, sous l'œil médusé des pères, et nous fit assister à une fabuleuse pluie d'étoiles qu'il pimenta de doctes commentaires. Je n'ai jamais plus revu de ciel en un si faramineux remue-ménage…

François d'Assise était le saint de cette thébaïde. Son image illustrait les divers lieux de l'Enclos sous forme de statues, de hauts-reliefs, d'un art indiscutable. Pour l'honorer, le Père des pères s'était entouré d'une cour animale installée dans les jardins : des chats persans, Tommy et Mouchy ; un saint-bernard, Carnaval ; deux chiens des Pyrénées, Gavarni et Roncevaux ; une guenon baptisée – si j'ose dire – *Faï ta malla*, qui invectivait les visiteurs ; Von Kluck, une corneille ; des biches indiennes à l'œil fardé ; des colverts, goélands cendrés, mouettes rieuses, perruches, faisans dorés, pigeons, paons, et un ara aux couleurs éclatantes, Jaco, qui jurait comme une poissarde, malgré les remontrances de la sœur Sainte-Foy :

— Tais-toi, Jaco, tais-toi, c'est un péché !

La chapelle de l'Enclos n'avait rien de commun avec la basilique de Mrg Impartibus, surchargée de marbres, de cuivres, de moulures, de tentures, de tapis, et de peintures immenses et nulles. Fière, blanche, la chapelle dressait ses arcs-boutants au milieu d'un empire que le Père des pères protégeait de toute contamination, hormis celle du beau, du noble et du bon goût. Ici, Dieu était fastueux, aristocratique, magnificent. A l'Enclos, point de curés pour entraîner l'assistance à grand renfort d'onction, comme à la cathédrale où l'on chantait, avec des porte-voix inimaginables, de ces cantiques par lesquels on promettait à la Vierge Marie *qu'au ciel, au ciel au ciel*, on irait la voir un jour. Le Père des pères raillait – pieusement, mais raillait – les hymnes qui retentissaient dans ces paroisses encore vouées au sabre et au goupillon :

J'entends du haut du ciel
Le cri de la Patrie :
Catholique et français toujours !

A l'Enclos nous étions à l'abri de la mauvaise esthétique de l'évêché. Aussi celui-ci lorgnait-il, depuis longtemps, cette enclave, cet Enclos, qui séduisait par l'ordonnance sereine, la gravité des liturgies où s'épousaient le grégorien, la polyphonie, les faux-bourdons et l'art le plus contemporain. Brillant, raffiné, étonnant, indépendant, voire hardi, l'Enclos échappait à toute domination.

— Monseigneur, ici les âmes sont à vous, tout le reste m'appartient, avait un jour déclaré à l'évêque en visite le Père des pères, toujours superbe.

Ainsi prit forme ce lieu de mon enfance dont les portes s'ouvrirent et se refermèrent sur moi, parfait petit pensionnaire en culottes courtes de velours côtelé, en chandail épais tricoté par ma mère, avec de grosses godasses à tige, et revêtu du tablier noir sur lequel j'essuyais ma plume "sergent-major" trempée dans une encre violette. Je n'ai pas oublié l'odeur amère de cette encre dont un préposé remplissait les petits godets de porcelaine encastrés dans les pupitres noirs. Les jours de fête ou de sortie, j'arborais un blazer et de magnifiques pantalons de golf (terme auquel je préférais *knickerbockers*, pour sa drôlerie et son exotisme) tels qu'en portaient mes héros importés d'Amérique, *Zig et Puce*, ou *Tom Playfair* parangon vertueux des collèges yankees dont je lisais les aventures, le jeudi, à l'étude du soir...

Enfin jeudi ! Les classes du matin s'étirent sans fin. Je pense à l'après-midi, et surtout à l'heure de l'étude où je vais pouvoir reprendre ma lecture en cours, lorsque je rentrerai de promenade, reconduit par Anna Donne qui m'aura glissé quelque colis dont les taches graisseuses m'indiquent qu'il s'agit, comme chaque jeudi, de saucisse sèche. "De Lacaune", précise-t-elle, comme pour me faire considérer le prix d'un tel cadeau que j'allais enfouir dans ma petite cassette de bois qui ressemblait à une malle miniature – celle sans doute de Phileas Fogg, ou peut-être le coffre de mer de Billy Bones, le capitaine de *l'Ile au trésor*, dont le refrain lugubre hantait la tombée de la nuit quand je me retrouvais dans mon lit de fer, au grand dortoir.

Quinze hommes sur le coffre du mort
Yo-ho-ho ! et une bouteille de rhum !
La boisson et le diable ont fait le reste,
Yo-ho-ho ! et une bouteille de rhum !

Non que la nourriture fût insuffisante, à l'Enclos, ou de mauvaise qualité ; mais de mâcher un bout de saucisse me replongeait dans le climat de mes lectures : c'était le *bel-tong* des explorateurs que je croisais dans les livres de Stewart Edward White, *Terres de silence*, *La Forêt*, *Le Vertige de l'or*, dans les récits du Grand Nord de Jack London, de Louis-Frédéric Rouquette ; c'était aussi le *pemmican* des baleiniers ou la "chique" du vieux Misaine d'*Un hivernage dans les glaces*. Je mastiquais donc mon bout de saucisse, plein de gratitude envers Anna Donne, dès que l'heure sonnait de poursuivre la lecture des *Bandits de l'Arizona*.

Je ne pouvais alors imaginer les conséquences de ces lectures, ni qu'elles me préparaient à la découverte d'une Amérique qui se ferait attendre longtemps encore et dont j'étais sûr que l'heure arriverait, même si rien alors ne pouvait me le laisser croire. Et lorsque, enfin, à un âge déjà mûr, je vis surgir de l'horizon de la mer les gratte-ciel de Manhattan, c'est le goût de la saucisse de Lacaune qui revint pour saluer mes anciennes lectures. Je poussai alors un grand cri muet dans le soleil qui se levait sur les docks et les ombres de la ville : "Enfin, me voici, après tant d'espérance", et je revis le visage rond et ridé d'Anna Donne, la pauvre vieille fille de mon enfance qui, sans le savoir, alimentait mon imagination autant que mon estomac, avec cette saucisse du jeudi dont la saveur ouvrait les portes de l'aventure…

Anna Donne habitait sous les toits, près du ciel, à l'écoute de la pluie hivernale, endurant le soleil trop chaud de l'été. Toute grise, trotte-menu, frêle, bavarde – sans doute un peu commère ; à quel exutoire une longue solitude n'a-t-elle pas recours, chez une vieille fille, l'une des dernières peut-être, je veux l'espérer ?

Je l'aimais beaucoup, mais à vrai dire, répugnais à l'embrasser, ou alors toujours de biais, car sa peau était froide, collante. Enfant avide de contacts charnels, je sentais d'instinct, quand il m'arrivait de serrer dans mes bras ses maigres épaules, que je ne pourrais lui trouver la moindre vibration animale qui m'eût secrètement saturé de tendresse, comme je l'éprouvais avec d'autres, et plus spécialement avec mes bestioles favorites que parcourait une chaude flamme de vie.

Elle n'avait jamais voulu se marier, ratant aussi les occasions de le faire. Un jour, un homme qui aurait pu l'épouser était venu chez ses parents. Elle s'était réfugiée au grenier. Au fil des années, elle avait soigné son père, puis sa mère, sans prendre le temps de songer aux choses de la vie, dont par ailleurs elle ignorait tout, s'habituant insensiblement à la solitude et au silence.

Trois minuscules pièces, tapissées de papier à fleurs, un peu sombres et terriblement muettes, abritaient son quotidien simple et pieux. J'ai vécu souvent entre ces murs, confié aux soins dévoués de cette silhouette fragile.

Je la revois trottant dans sa cuisine. Tandis que je dévorais le plat qu'elle s'était appliquée à préparer, elle grignotait un croûton trempé dans un bol de lait tiède, ou sirotait un bouillon de légumes.

— Cela me suffit, chantonnait-elle, je suis vieille, je n'ai besoin que de peu... Ce n'est pas comme toi.

Elle était surtout pauvre. Elle avait toujours été pauvre, seule, ni triste ni gaie, enfermée avec ses prières et les fantômes de sa jeunesse. Pendant des années, je l'ai entendue dire :

— Un jour si je suis riche, je te donnerai ceci ou cela.

Avec la certitude qu'elle ne le serait jamais, se complaisant dans l'illusion qu'elle pourrait le devenir. Souvent, quand j'arrivais chez elle, je la voyais s'affoler :

— Mon Dieu, je n'ai rien aujourd'hui, qu'est-ce que je vais pouvoir te faire !

Il n'y avait rien, en effet, qu'elle pût acheter qui ne soit modeste. Elle s'usait la vue en gagnant quelques sous au greffe du Palais. Tous les soirs, elle grattait les grandes feuilles blanches des minutes, d'une plume grinçante, accumulant des lignes de sa belle écriture régulière et désuète où triomphaient les pleins et les déliés. Je l'assurais que j'étais capable de me contenter de ce qu'elle avait, que je n'avais justement pas faim aujourd'hui, que tout irait très bien…

Toujours inquiète, sans cesse en mouvement, elle tripotait dans ses tiroirs, sa vaisselle, son linge, ses trésors. Son passé l'occupait, surtout. Elle le racontait au fur et à mesure qu'il se levait du fond de sa mémoire, répétant des détails que je connaissais déjà, sur ma famille, au temps lointain de mon arrière-grand-père…

— Un homme superbe, terrible, entouré de chiens… Et sa femme, ton arrière-grand-mère, ne voulait jamais, je me souviens, passer près du cimetière, le soir, à cause des feux follets.

Elle revivait ce qui était mort (mais ne l'était pas pour moi) tout en raccommodant, collée à la fenêtre pour profiter des dernières lueurs du jour, un tablier, un torchon, ou quelque pauvre vêtement démodé et fané, relique lourde d'antan. Cette fenêtre donnait sur une cour intérieure, étroite, profonde, mal tenue, d'où montaient les relents des cuisines inférieures et les brouhahas d'un cercle privé. Tout ce que la solitaire connaissait du monde était ombre, échos, coulisses…

Je grandissais, elle ne changeait pas, furetant toujours dans sa cuisine, son armoire, sa commode, traçant ses lignes, exhumant des bibelots, des photos, des rubans, des lettres.

Et maintenant, elle me racontait aussi mon propre passé.

— Quand tu étais petit… te souviens-tu de la femme sans tête ?

C'était un mannequin de couturière, monté sur un trépied, une espèce de femme-tronc décapitée, qui régnait dans la chambre où je couchais, enfant. J'en avais la frousse, évidemment, et je n'osais pas entrer tout seul dans cette pièce obscure où chaque objet, chaque meuble avait, me semblait-il, fait alliance avec le monstre.

J'allais encore chez elle au début de la guerre. Elle prenait les nouvelles du monde, sa seule distraction, sur un poste à galène.

Lorsqu'elle enlevait les écouteurs, elle soupirait invariablement :

— Mon Dieu, cette guerre, en verrai-je la fin !

Elle lisait aussi quelquefois, quand ses yeux n'étaient pas trop fatigués par les écritures à cinq sous la ligne. Il en fallait, des lignes, pour gagner peu d'argent...

A vingt ans, j'étais resté pour elle le petit garçon gourmand qui réclamait "encore de la soupe qui a goût de salade", et quand elle m'appelait, elle se trompait souvent, mélangeant les générations, me confondant avec mon père qu'elle avait connu tout enfant. Le passé devenait présent. Seules ses rides se creusaient ; sous la peau de ses mains et de son front qui devenait transparente, on voyait courir les méandres bleutés des veines. Son cœur battait de dévouement, d'affection, au même rythme depuis toujours. A peine si elle osait me confier :

— Je ne demande pas grand-chose, juste de quoi manger, juste de quoi vivre dignement, de quoi mourir comme tout le monde.

Sa fierté était douloureuse. Elle m'est aujourd'hui insupportable, puisque tout est irréversible.

— Je ne suis qu'une vieille fille, disait-elle quelquefois avec un petit sourire déchirant qui ourlait ses minces lèvres pâles.

Mais elle pensait aussitôt à autre chose : il y avait toujours entre ces murs quelque menu travail à effectuer qui lui épargnerait la douleur de penser. L'isolement dans lequel elle s'enfermait était peuplé d'absents. Moi-même, je n'étais plus que la projection des personnages familiers d'un théâtre mental qu'elle ne cessait de se jouer dans la pénombre de son appartement, décor inchangé depuis l'origine.

Elle continuait de vivre comme de respirer, sans y penser, parlait de mourir comme d'aller à la messe, à la laiterie du coin, ou de se coucher pour une longue nuit, toute lumineuse, où elle pourrait rêver à un ciel depuis longtemps imaginé naïf.

Je n'ai plus revu Anna Donne. Parti de l'autre côté de la mer, j'appris en revenant, trois ans plus tard, qu'elle était morte.

Elle s'était couchée, un soir glacé, dans son haut lit perché, environnée de cette ombre où j'avais affronté jadis la femme sans tête. Elle voyait mieux que d'habitude les rideaux blancs, la commode de noyer, le crucifix, le globe de verre de la pendule sur la cheminée sans feu. Un certain bien-être envahissait ses membres, captait sa pensée. Dans la clarté glissaient des formes lentes, fluides, amicales. Une musique occupait insensiblement l'espace et le temps, enveloppait le crucifix, la commode de noyer, le globe de...

Pourquoi le passé pèse-t-il si lourd ?

Le carillon égrène à travers les branches les notes d'un verset grégorien. Les paons trompettent comme autrefois : les mêmes sans doute. J'imagine les paons centenaires. Et le soleil, j'en suis sûr cette fois, est le même : un demi-siècle n'est rien pour le roi des années-lumière. Mais s'est-il aperçu que je vivais ? Seuls les choucas qu'éparpille le carillon défient ma mémoire. Je ne me souviens plus s'ils existaient alors, nichant parmi les cloches...

J'avais onze ans dans ce même jardin où se balance le hamac sous un marronnier beaucoup plus vieux que moi. Je m'étonne soudain de la profusion des acanthes qui n'étaient pas là. Mais lorsque je marche dans les allées, par les soirées humides, ou après une averse, j'écrase les mêmes escargots "mange-merde", zonites plats et visqueux, ou bulimes dont se repaissent les hérissons. Au crépuscule, ces paisibles pelotes d'épingles s'approchent en silence de l'assiette de lait que je place devant le perron. Plus tard, dans la nuit, par la fenêtre ouverte de ma chambre, je les entends souffler, et de leur petit groin noir et luisant fouailler l'humus.

Depuis toujours l'odeur de l'humus envahit le jardin, cimetière des feuilles mortes de l'automne.

Gloriosus apparuisti
In conspectu Domini
Alleluia, alleluia…

Après avoir revu la maison fantôme, j'avais eu le souci de m'assurer que mon enfance était encore vivante derrière les hauts murs de l'Enclos. Le *kapellmeister* (sa blonde chevelure bouclée renforçait l'éclat du regard, et sa voix grave prenait souvent le ton qu'il fallait pour ramener l'ordre dans les rangs) était-il encore là ? Il n'avait jamais quitté l'Enclos, par fidélité – on pourrait dire aussi par allégeance – au Père des pères, prince souverain de ces lieux, qui était, pour le *Kapellmeister*, Son Altesse Sérénissime Mgr le duc de Saxe-Weimar, mécène parfumé, au nez d'aigle, à l'œil pâle mais vif, aux manières nobles. Le Père des pères eût fait, en d'autres temps, un admirable petit cardinal florentin, petit par la taille malgré les talons de ses bottines vernies, mais grand par la passion qu'il mettait à cultiver en tout la munificence *ad majorem dei gloriam*. De la tribune, l'orgue faisait-il encore trembler les grands lustres carolingiens ? Les murs gothiques de la chapelle avaient-ils retenu la fragrance de tout l'encens profusé ? Le Père des pères vivait-il encore ?

Je me dirigeai vers l'Enclos avec cette angoisse propre à ceux qui refont des gestes présumés oubliés, seulement endormis dans les alluvions de la vie.

Tout ressurgit lorsque j'ouvris le portail de fer, comme jadis quand je l'avais franchi pour la première fois, et j'entendis dans les branches du parc tonner la grande toccata du temps révolu.

J'avais sept ans. Par une matinée d'octobre tout illuminée d'un soleil encore lourd des chaleurs de l'été de la Saint-Martin, le grand portail de fer de l'Enclos s'était rabattu derrière moi avec fracas, saturant de sourdes vibrations la pénombre du vestibule qui fleurait bon la nonne et la buanderie. L'enceinte était franchie. J'étais passé dans un autre monde. Du sas où je me trouvais, j'avais d'abord aperçu, par le rectangle de lumière crue qui se découpait à l'autre extrémité, le tympan néo-gothique d'une chapelle et d'épaisses portes de chêne clair bardées de ferrures. Du seuil, je découvrais le haut clocher blanc dans le bleu du ciel, une toiture déjà verdie par le temps, des gargouilles, des arcs-boutants, une grande rosace, des encorbellements en dentelle de pierre…

Soudain éclata un étrange cri qui me fit sursauter, une sorte de coup de trompette lancé du feuillage sombre d'un parc entrevu : le cri fou du paon qui allait accompagner désormais ma vie de pensionnaire.

J'étais dans un ailleurs, un autre monde clos, organisé, avec ses règles, ses coutumes, ses allées, ses places, ses immeubles, jusqu'au petit zoo, enclos dans l'Enclos, et la chapelle gothique flanquée d'un carillon et d'un jaquemart, gardienne d'ombre fraîche où luisait le haut-relief en vermeil d'un tabernacle, ultime retrait, coffre-fort de l'Invisible. De grands arbres, une bambouseraie, un large bassin avec des cygnes complétaient le décor de l'Enclos où j'allais vivre, territoire de plusieurs hectares fermé que je comparais plus tard à ce village inclus, au Moyen Age, dans les arènes d'Arles.

J'avais hissé ma valise, par un escalier de grande allure à rampe de fer forgé, vers le dortoir, vaste salle à vingt-six fenêtres garnies de moustiquaires, où s'alignaient des lits de fer à sommier métallique, avec de bonnes paillasses et des couvertures du genre militaire. Encore aujourd'hui, la seule vue des fenêtres fait lever en moi l'odeur tenace du dortoir : un mélange subtil de dentifrice, de linge repassé, de cirage, d'eau de Javel et de pipi. On pissait souvent dans les petits lits de fer ; il est bien connu que l'absence de mère mène tout droit à l'incontinence…

Au bout de la salle, près de l'entrée, une cloison dressée à mi-hauteur enfermait comme dans un grand cube la chambre du surveillant qui n'était autre que le père Albert Foque, bras droit du Père des pères, un Titan aux sourcils broussailleux, sur qui reposait le poids de cet empire. Je n'allais pas tarder à l'admirer dans ses fameuses colères (de saintes colères, précisait le Père des pères) qui lui faisaient broyer, plusieurs fois par an, sa montre-oignon de son poing puissant de fils de paysan rouergat, en même temps que sous le coup jaillissait, du godet de porcelaine encastré dans le pupitre, un geyser d'encre noire qui maculait tout, jusqu'à son visage parfois. Ce simple était un érudit. Helléniste incomparable, admiré des plus grands, dont le discours avait la clarté d'une source attique, c'est en rougissant qu'il glissait rapidement sur un passage où Isocrate raconte que la lune se voilait la face pour ne pas assister aux ébats nocturnes des vieillards. Le père Albert Foque (nous l'appelions Falbert parce qu'il signait toujours F. Albert) se voulait près de la troupe. Ainsi, par choix personnel, il vivait ses nuits dans ce cube – sa portioncule – inscrit dans le dortoir, alors qu'il eût pu, lieutenant général de l'Enclos, revendiquer l'appartement qui lui revenait dans l'un des pavillons du parc. Le moindre grattement, le moindre soupir insolite le faisaient bondir sur le guichet de sa porte, d'où il scrutait la pénombre rougeoyante qui naissait de la faible veilleuse. S'il doutait du silence, il faisait une ronde et, l'esprit calmé, réintégrait sa chambre d'où résonnait dans la vaste salle le tic-tac de son énorme réveil que je prenais vite, dans mon proche sommeil, pour l'horloge à buffet de Fondagues.

Car c'est à Fondagues que j'allais en vacances au mois d'août. La vieille maison, grande, sonore, obscure, fraîche, sentait la pomme et la chandelle. Dans ma chambre trônait un grand lit de bois qui craquait lorsque je l'escaladais non sans peine. La nuit s'emplissait de bruits sauvages ; à travers les épais feuillages du parc, l'eau de la Sargue brounzinait sur les rochers moussus et j'écoutais, entre bonheur et crainte, hululer les chouettes.

L'oncle Blaise, quand il n'allait pas fouiller sur le causse dolmens et tumuli, ni explorer quelque caverne, tendait des cordes aux hameçons garnis de loches, que nous allions relever au point du jour. Nous prenions de belles truites noires à ocelles rouges, encore nerveuses et pugnaces, qui disparaissaient aussitôt dans un sac de toile humide. Il ne restait quelquefois que la tête : un rat d'eau avait fait son repas du meilleur, ou peut-être une loutre dont nous devinions l'ombre luisante dans les berges herbues. La riche odeur des moisissures qu'exhalait l'humus du parc, sur lequel glissaient en bavant de longues limaces pourpres, se mêlait à celle, amère, de l'eau baignant les racines des aulnes, et à la senteur sauvage des poiriers, lauriers-cerises, buis, fougères-scolopendres, adiantes, proliférant en compagnie des cèdres, des peupliers, des ifs, des ailantes et des séquoias.

Friands de l'odeur d'un parc, nous nous obstinions à y pourchasser la bête du Bonheur, la bête infidèle aimée de l'enfance... me glisse une voix qui me paraît venir du fond des âges.

Cinquante ans de soleils et d'averses
dormaient dans le parc indéchiffrable
(toujours la fragrance amère du buis
qui hante la fuite inchangée de l'eau
où luit le sombre de la truite fulgurante).
Du faîtage invisible des arbres,
vergnes, rouvres, fayards, séquoias médusés,
(seul j'ai vieilli pour n'être pas resté)
se coulait l'angoisse murmurante des êtres
réveillés par l'intrus : "Il revient, le voici,
il ose enfreindre le silence du temps !"

Ainsi bruissent les cimetières
ensevelis sous les ronciers
lorsque l'enfant retourne vers les ombres.

L'oncle Blaise me prenait souvent avec lui sur le grand causse, pioches et pelles sur l'épaule, pour exhumer le vertigineux passé de ce pays. Il aimait les vastes étendues désertes, semées de fétuques, de cardabelles, de cheveux d'ange, où des rochers sculptés par le vent d'hiver avaient des formes d'hommes ou de bêtes fabuleuses parmi les ruines imaginées de forteresses inconnues. Tandis qu'il piochait et que je tamisais la terre, l'oncle Blaise me parlait du désert qu'il avait connu, où il avait mené des méharées, à travers le Sahara, du Tibesti à la Mauritanie, couchant sous la tente avec des Touareg, et souvent à la belle étoile dont il me dit le nom : la Croix du Sud. Beaucoup plus tard, moi aussi, sans doute grâce à l'oncle Blaise, en traversant le Grand Erg, l'Adrar des Iforas, les déserts du Nouveau-Mexique et de l'Arizona, j'ai compris le sens de cette phrase que l'oncle Blaise lançait souvent comme à plaisir, à propos d'un livre, d'une peinture, ou d'un notable : "Bête comme les Alpes." Je n'appréciais pas alors à sa juste valeur cette remarque dont le sens m'échappait encore. Je n'avais encore aucune opinion sur ces montagnes que je n'avais vues qu'une seule fois, se haussant du col, avec leurs neiges sempiternelles. Je sais maintenant ce que voulait dire l'oncle Blaise par "bête comme les Alpes" lorsqu'il contemplait avec bonheur le grand causse dont les ondulations, comme le désert, comme la mer, se perdaient à l'horizon sous le vent d'été.

Dans mon petit lit de fer de l'Enclos, en écoutant ronfler le père Foque au rythme de son bruyant réveil, je revivais les équipées avec l'oncle Blaise et me délectais à imaginer les prochaines.

Souvent, une vision s'impose à moi : ma mère jouant du violoncelle sur un îlot désert qui dérive. Ce n'est pas l'image rescapée d'un rêve, mais une représentation de mon enfance que ma mémoire projette : un lieu clos. Ah ! si ma mère n'était pas morte !

Si ma mère n'était pas morte, je ne serais sans doute jamais revenu aux Estrets. Seules quelques photographies prises avec un West-pocket fixent ce lieu auquel ne me lie aucun souvenir personnel. Sur l'une d'elles, je me vois à cinq ans à côté d'une jeune fille qui en avait dix-neuf : Marinette Rieutord. A sa gauche, Tantillon, ma grand-tante, riant aux éclats, et ma mère, toute fraîche de ses vingt-quatre ans. Au deuxième plan, la pension Rieutord dont ma famille louait l'étage pour l'été.

Aux Estrets s'attache une petite mythologie privée :

– La pêche aux goujons ; selon Tantillon, ils abondaient dans la Glène bordée de saules et de vergnes, rivière lente au cours entrecoupé de petits rapides bouillonnants, qui serpentait à travers les prairies grasses, au-delà du chemin de terre constellé de larges bouses flavescentes.

– Une pièce de monnaie romaine que mon grand-oncle Edouard, pharmacien à gauloises noires, avait trouvée en farfouillant dans les berges pour “faire des vers”.

– Cinquante ans plus tard – pourquoi ai-je attendu si longtemps ? – Marinette Rieutord évoquant devant moi une vieille image épinglée dans sa mémoire et que ma présence ravivait : le soir, lorsqu'ils regagnaient leurs chambres, munis de bougeoirs ou de lampes à pétrole, les gens de ma famille se passaient une louche pour boire l'eau fraîche d'une cruche placée au bas de l'escalier de bois. Le souvenir de ce simple rituel avait franchi un demi-siècle. Marinette me l'avait rapporté comme un événement capital digne d'avoir affronté les âges. De fait, ce geste répété chaque soir me semble aujourd'hui paré d'une fabuleuse importance, car je le relie à mon grand-père qui, médecin, avait sans doute conseillé aux siens de boire par hygiène de cette eau campagnarde, jaillie d'une fontaine glacée, riche de vertus cardinales dont l'essentielle, et peut-être l'unique, était la pureté parfaite.

Il avait fallu Marinette pour que je me rappelle alors que Tantillon m'avait, dans mon enfance, parlé de la louche et de la cruche d'eau glacée. Cette image s'était lovée en moi, prête à germer. Un jour, très longtemps après, il avait suffi que, parcourant les hauteurs des Cévennes, je m'arrête pour boire à la fontaine d'un col : elle avait ressurgi au contact de cette eau lustrale et avec elle, aussitôt, la cruche et la louche, et le visage de Tantillon et le lorgnon cerclé d'or de mon grand-père, luisant à la flamme de la bougie, au bas de l'escalier de bois de la pension Rieutord, aux Estrets. A distance, m'envahissait le plaisir dispensé par cette eau coulant dans ma gorge d'enfant pour me permettre de dormir du plus profond sommeil dans mon grand lit de plume, tandis que les odeurs de l'humide nuit d'été montaient de la Glène et des prairies de flouves…

Les odeurs, les parfums, les fragrances, les senteurs sont des repères, des signaux qui percent la nébuleuse. Le foin fraîchement coupé, les truites frétillantes, la lessive étendue sur les prés, la confiture bouillonnant dans les vastes chaudrons de cuivre, les pommes mûrissant sur le grain, la lavande des mouchoirs de Tantillon composent un concert dont les notes courent toujours en moi : leur désordre a sa propre logique dans la mémoire aux méandres imprévisibles.

Ainsi me parvient en ce moment de la maison voisine, sur le vent léger de l'été, le fumet d'une viande dont je devine la transpiration rosâtre sous la morsure des braises. De mon hamac, je quitte aussitôt les Estrets pour rejoindre certains de ces jours où nous allions déjeuner chez Tantillon et l'oncle Edouard. J'étais fasciné par les parfums mêlés qui envahissaient la pharmacie et qu'il est rare de respirer aujourd'hui, car ces officines ne sont plus que de simples dépôts : où sont mixtures, onguents, élixirs, pommades, colatures, poutingues, effectués sur place, dans de grands mortiers en marbre, des éprouvettes et des serpentins, comme on en voit dans les gravures anciennes figurant l'antre des alchimistes, et dont les émanations déjà guérissaient ?

Mais toutes ces odeurs, je les oubliais vite, à peine entré, fasciné par les sangsues noires qui rampaient sur la paroi des bocaux géants exhibés dans la vitrine, ou par les interminables vers solitaires prisonniers de tubes transparents.

— Regarde, me disait l'oncle Edouard en plongeant dans l'eau claire sa main potelée, regarde cette sangsue. Si je la pose sur mon bras elle sucera mon sang.

Dès lors je ne parlais que de "sangsuces".

Après avoir admiré, non sans quelque méfiance, toutes ces bestioles, je me précipitais, la bouche empâtée d'une pastille d'eucalyptus, vers l'interphone mural qui était ma grande distraction. Si, lorsque nous arrivions, ma mère, mes frères et moi, l'oncle Edouard était déjà monté à l'appartement, Tantillon me tendait le cornet noir qui pendait à un long fil enrobé de velours grenat :

— Appelle l'oncle Edouard dans le cornet.

Et j'entendais une voix nasillarde qui me parvenait de l'étage comme de la lune.

Griollet parti sur le coup de midi – un laborantin au teint de rave, préposé aux poutingues, et en particulier au sirop pour la toux inventé par mon grand-père à lorgnon, qui nous était prescrit lorsque pointait l'hiver –, nous gagnions l'appartement d'où filtrait dans l'escalier de bois l'odeur formidable des rissoles et de la fricassée, et Tantillon nous racontait ses exploits, aux premiers temps du ski et du bobsleigh, les randonnées en traîneau, les escalades de la mer de Glace, les omelettes de la mère Poulard, la marée montant "à la vitesse d'un cheval au galop" et les enlisements tragiques dans la tangue, dignes, à entendre Tantillon, des premières pages du *Petit Journal* qui me remplissaient toujours de terreur ; ou encore les gaves des Pyrénées, le gouffre de Padirac, Rocamadour et les forêts des Landes dégoulinant de résine, et toujours Tantillon, d'une voix au charme enroué, de me chanter une fois de plus : *"Connais-tu le pays où fleurit l'oranger"*, phrase qui me plongeait dans les plus vives délices de l'imagination et ne pouvait que me faire adhérer à la désespérante conclusion de cet air : *"C'est là que je voudrais vi-i-vre..."*

J'avais donc pris la route, un jour d'août, pour redécouvrir les Estrets. Bien sûr, je ne reconnus rien. Ni Marinette, petite et sèche, aux cheveux gris, vêtue de noir, debout devant la porte, ni la pension, aujourd'hui simple café à l'entrée du village, ni la route avec ses alisiers, ni la rivière verte et luisante, ni les prairies bordées de vergnes, ponctuées d'aigremoines. Ce que j'en savais par des photographies jaunies, les récits de Tantillon et les constructions de mon imagination ne concernait qu'un enfant dont j'étais aujourd'hui le spectateur nostalgique mais étonné. Et par-dessus tout, étranger à lui-même, incapable de se retrouver dans un paysage qui était peut-être inchangé mais qu'il ne pouvait connaître que par ses yeux d'aujourd'hui. C'est donc en étranger que j'étais venu ici, à la recherche d'un Graal qui rayonnait à l'intérieur de moi-même, que rien de ce que je voyais maintenant ne pourrait me faire découvrir puisqu'il n'était que l'image d'un temps révolu que ma mémoire seule consacrait.

Gorge nouée, j'étais surpris par la marque, dans le souvenir de Marinette, d'une présence toujours aiguë de ma famille en ces lieux. Pourquoi étais-je resté si longtemps absent de cette part de mon enfance ? Tantillon, ma mère, mon grand-père parlaient des Estrets comme d'un lieu hors de portée auquel il n'était sans doute plus possible d'accéder, dans lequel on avait pu entrer une seule fois, qui était désormais perdu. J'avais si bien vécu dans cette certitude qu'il ne m'était jamais venu à l'idée qu'il me fût loisible, sur simple décision de ma part, de découvrir les traces de cette enfance dont je pouvais à juste titre me demander si elle m'avait bien concerné. Je n'avais même pas interrogé ma mère ni ma grand-tante qui avait tant de souvenirs sur ces Estrets juvéniles, ni recherché sur la carte où ils pouvaient bien être, puisqu'ils n'étaient de nulle autre part que de l'enfance, c'est-à-dire d'un temps disparu.

Après la mort de ma mère, j'avais pris, comme par un déclic, la décision – et d'autres encore trop longtemps différées – de rechercher les sentiers perdus, inconnus de moi, desquels j'avais omis de l'inciter à me parler, et singulièrement celui qui menait aux Estrets, à Marinette Rieutord, à la rivière grouillante de goujons, aux grasses prairies en fleurs, tout cela que je situais enfin sur la carte, bien réel, et qui, dérision, avait toujours été à faible portée de mon cœur.

Marinette était bien devant moi, mûrie par sa longue vie paysanne. J'imaginais avec peine qu'elle eût existé entre le temps que la photographie avait immobilisé voilà cinquante ans et ce jour où, dans quelques minutes, je prendrais la photographie d'une autre Marinette ni plus ni moins véritable que la première et qui ne serait déjà plus la même après que l'image aurait été fixée de cette chose en train de se faire qui ne se reproduirait plus jamais. En écrivant ces lignes, je sais très bien que cette Marinette-là n'est plus celle qui vit aux Estrets. Comment donc puis-je m'intéresser à l'enfant de cinq ans qui porte mon nom mais dont l'homme qui a tenté de le retrouver est tout aussi éloigné que je le suis maintenant de lui ?

Nous ne sommes que des aliénés. Il n'est que de nous réfugier dans la seule réalité de notre propre mythe.

A douze ans, je me livrais à d'étranges expériences littéraires. Emerveillé par certaines phrases du *Château des Carpates* de Jules Verne, je les notais pour les apprendre par cœur. Ainsi je récitais, dans la nuit du dortoir où seule rougeoyait la veilleuse du père Foque :

... ses yeux pers, entre le vert et le bleu, et dont le larmier humide était circonscrit au cercle sénile...

Ou encore :

... comme on voit en d'autres contrées le grand bisexte, achevalé sur la vanne des moulins, causant avec les loups et rêvant aux étoiles...

J'étais fasciné par cette description du troupeau où étincelaient des mots que j'ignorais et dont le prestige s'accroissait du fait même qu'ils m'étaient inconnus :

... *Ce troupeau appartenait au juge de Werst, le biré Koltz, lequel payait à la commune un gros droit de brebiage, et qui appréciait fort son pâtour Frick, le sachant très habile à la tonte, et très entendu au traitement des maladies, muguet, affilée, avertin, douve, encaussement, falère, clavelée, piétin, rabuze et autres affections d'origine pécuaire. Le troupeau marchait en masse compacte, le sonnailler devant, et près de lui la brebis birane, faisant tinter leur clarine au milieu des bêlements...*

A la lisière du sommeil, je revivais les transhumances que j'avais suivies sur les drailles blanches de soleil, reniflant l'odeur musquée de la laine qui se mêlait à celle du thym et de la caillasse chaude.

C'est avec ce texte que je me livrai à ma première expérience en le réécrivant à l'envers, je veux dire que je renversai l'ordre des lettres :

... *ec uaepuort tianetrappa ua eguj ed tsrew, el érib ztlok, leuqel tiayap à al enummoc nu sorg tiord ed egaiberb, te iuq tiaicérppa trof nos ruotâp kcirf, el tnahcas sért elibah à al etnot, te sért udnetne ua tnemetiart sed seidalam, teugum, eéliffa, nitreva, evuod, tnemessuacne, erèlaf, eélevalc, nitéip, ezubar te sertua snoitceffa enigiro'd eriau-cép. El uaepuort tiahcram ne essam etcap-moc, el relliannos tnaved, te srép ed iul al siberb enarib, tnasiaf retnit ruel eniralc ua ueilim sed stnemelêb...*

Ce volapük m'enchantait. Il tenait du turc, de l'eskimo, du gallois. Je jouissais d'être le seul à en détenir le code. Je transcrivis ainsi de longs passages de mes livres préférés dans cette langue "srevne" dont j'étais l'inventeur, et que j'étais le seul sur la terre à parler, ou tout au moins à écrire.

J'accumulais ces grimoires, élaborés pendant les études après avoir bâclé mon devoir quotidien et laissé au hasard mes récitations du lendemain. Ces textes "srevne" allaient rejoindre dans la cassette aux trésors les plans d'engins sous-marins et les demeures idéales où je m'installerais plus tard entouré de mes collections rapportées au fil des ans de longs et lointains voyages, car je me prenais volontiers pour le professeur Aronax, différant de lui sur une seule chose : moi, je serais resté à bord du *Nautilus*.

J'écrivis en "srevne" des morceaux choisis des livres suivants de Jules Verne :

Le Tour du monde en quatre-vingts jours
Le Voyage au centre de la Terre
Vingt mille lieues sous les mers
L'Ile mystérieuse

Un hivernage dans les glaces
Les Enfants du capitaine Grant
Robur le Conquérant

D'autres livres encore eurent l'honneur du "srevne" :

Les Fables de La Fontaine
Le Grand Testament de François Villon
Gargantua et *Pantagruel*
Les Contes du pays de l'or de Bret Harte
Le Trappeur du Kansas de Camille de Cendrey
Le Chef blanc du capitaine Mayne-Reid
La saga de *Bas de Cuir* de James Fenimore Cooper
La Légende des siècles
Les Voyages de Gulliver
Robinson Crusoé
Don Quichotte
Les *Contes* de Grimm
Nevada de Zane Grey
Le Grand Silence blanc de Louis-Frédéric Rouquette
Les Voyages dans les prairies du Far West de Washington Irving
Les Bandits de l'Arizona de Gustave Aimard, etc.

Non content de traduire du grec l'*Anabase*, je fis du texte de Xénophon une version "srevne" : *La Mer ! La Mer !* devint : *Al rem ! Al rem !* Presque de l'arabe… Et la phrase de la *Cyropédie : Astyage, soupant avec sa fille et Cyrus*... chantait ainsi par mes soins : *Egaytsa, tnapuos ceva as ellif te suryc*... Cela me paraissait très supérieur à : *Deipnon o Astuaguès sun té tugatri kai to Kuro*... et d'un pouvoir poétique sans rival.

Ce ne fut pas l'avis de Vachette, l'un des surveillants qui, sans doute intrigué par l'extrême tension qui transformait les traits de mon visage – généralement indifférent aux richesses supposées des devoirs scolaires – voulut vérifier ce qu'il croyait être déjà une divine surprise.

— Qu'est-ce que c'est ? Qu'est-ce que vous faites là ?

Je ne pus même pas lui répondre en "srevne". Je rougis comme un soleil couchant, tentant de sauver mes travaux.

— Montrez-moi ça... Qu'est-ce que ça veut dire ? Quelle est cette langue, si c'en est une... ?

Je parvins à bredouiller :

— Heu... c'est du français, monsieur...
— Ça, du français !... Vous vous fichez de moi ?
— C'est-à-dire...
— Donnez-moi ça... Vous avez fait vos devoirs ?

— Oui, monsieur…
— Et vos leçons ?

Je sortis mes livres. Vachette poursuivit sa ronde, l'air perplexe, déchiffrant mon "srevne".

Pour assurer l'avenir, je formais des projets utopiques. Perdu dans mes rêves, j'organisais des aventures. La musique et la lecture ne sont pas peu responsables de m'avoir fait prendre les chemins biaisés et magiques de l'école buissonnière. J'inventais des bathyscaphes dans la lignée du *Nautilus*, en dessinais des plans rigoureux. J'étais l'architecte de fabuleuses demeures plantées dans les déserts de contrées inconnues où m'entraînaient de longues méharées, celles sans aucun doute de l'oncle Blaise car je n'avais pas encore lu le livre, qui pèsera sur moi, de Théodore Monod. J'attendais avec impatience l'heure de l'étude du jeudi, réservée à la lecture…

Nous avions accès à quatre armoires vertes, cadenassées pendant la semaine, qui flanquaient l'estrade du surveillant, sous de hauts-reliefs figurant "saint François-aux-oiseaux". Je ne perdais pas une minute pour aller récupérer l'œuvre commencée. Des titres restent ancrés dans mon souvenir : ceux des ouvrages que j'avais partiellement traduits en "srevne" auxquels il faut ajouter

Forlorn River, le Cavalier de la sauge écarlate de Zane Grey, les récits de Grey Owl, cet Ecossais sauveur du castor, que l'on croyait *ojibway*, qui avait leurré le monde et lui-même, et encore *les Trois Mousquetaires*, *Eugénie Grandet*, les *Contes* de Perrault, *Don Pablo de Ségovie* de Quevedo, les *Récits d'un chasseur* de Tourgueniev, *Candide* de Voltaire, et Virgile et Dante et Pétrarque et *la Croisade des Albigeois* et les romans de la Table ronde et…

Oubliant tout, je poursuivais mes lectures. La salle d'études disparaissait. L'Enclos se fondait dans le parc qui n'était plus désormais que la grande forêt d'Amérique que j'avais d'abord découverte en rêvant aux seins blancs d'Atala dans les lueurs de l'orage, avant de traverser la vaste prairie où m'entraînait maintenant Fenimore Cooper :

… Jetant son fusil par terre, le Trappeur étendit les bras, et quittant la lisière du bois, courut hardiment à la rencontre du troupeau qui avançait.

La figure de l'homme, quand elle est soutenue par le courage et la fermeté, manque rarement d'inspirer le respect et la crainte à tous les animaux d'un ordre supérieur. Les bisons de tête reculèrent, et leur marche fut arrêtée un instant. Ceux qui les suivaient se répandaient à droite ou à gauche, au hasard. Mais de nouveaux mugissements partirent de l'arrière-garde, qui avançait toujours, et qui força les premiers à se mettre en marche. Cependant la tête du troupeau se divisa, le corps immobile du vieux Trappeur semblant obliger ce torrent à se partager en deux branches. Middleton et Paul suivirent aussitôt son exemple, et opposèrent aussi à ces animaux sauvages la faible barrière de leurs bras.

Pendant quelques instants, la nouvelle et double impulsion donnée au troupeau par les bisons qui marchaient en tête servit à protéger le petit bois. Mais lorsque la masse tout entière arriva plus près des défenseurs du couvert, et que la poussière qu'elle faisait lever rendit leurs personnes moins visibles, il y eut à craindre à chaque instant que quelques-uns de ces animaux ne passassent entre eux. Il devint donc nécessaire au Trappeur et à ses deux compagnons d'être plus alertes que jamais, et ils redoublèrent d'efforts ; mais ils cédaient graduellement du terrain devant la multitude de leurs ennemis, quand un bison furieux, courant à toutes jambes, passa si près de Middleton qu'il toucha ses habits, et, l'instant d'après, entra dans le bois avec la rapidité du vent.

— Attaquez, chassez-le à tout prix, s'écria le vieillard, sans quoi un millier de ces démons vont être sur ses talons !

A ce moment, l'âne, dont les domaines venaient d'être si brusquement envahis, éleva sa voix au milieu du tumulte. Les plus furieux bisons tremblèrent à ce cri inconnu, et tous se détournèrent à la hâte du bois. Le vieillard ramassa son fusil, et s'occupa tranquillement à le recharger, avec ce rire silencieux qui lui était particulier...

Deux mains claquèrent. La prairie disparut. La salle d'études émergea du lac Champlain, Natty Bumppo se mua en surveillant dérisoire, les forêts du lac Oneida firent place aux platanes de la grande cour, et les glapissements des paons dans les bambous couvrirent les appels clairs des coyotes.

Alors me saisissait chaque fois un grand désarroi. Je me sentais seul dans un monde étranger qui n'était pas à ma mesure, et j'imaginais qu'il pourrait me suffire de pousser un cri de guerre pour qu'aussitôt accourent à mon aide, dans ce décor studieux et pacifique, les Cinq Nations iroquoises qui m'avaient élu pour sachem.

J'ai toujours eu pour l'Amérique une passion dont la source me demeure encore aujourd'hui inconnue. Or les passions peuvent mener loin, même en Amérique où j'ai fini par aller un jour.

En débarquant du *United States*, le paquebot le plus rapide du monde, j'aurais pu m'écrier, dans les brumes rougeoyantes de l'aube : "Quoi de plus imposant, de plus admirable jamais à mes yeux, que Manhattan ourlée de mâts ?" L'île où bat le cœur survolté de New York s'étirait devant moi, immense baleine hérissée de dards. Les gratte-ciel surgissaient de la chair noire de la ville comme des harpons, des lances, des épieux, et le sang se diluait dans le ciel où crevait un nuage d'encre. A droite, le pont de Brooklyn disparaissait à mesure que le navire, dans un concert de cornes de brume, pénétrait dans l'Hudson, et la masse épaisse de la "cité populeuse" s'éveillait peu à peu dans le rythme des grues, les cris des mariniers et les plaintes acérées des mécaniques.

A mon tour je découvrais l'Amérique. A vrai dire, elle m'appartenait depuis ma plus lointaine enfance. Plongé dans mes lectures, à l'Enclos, aurais-je pu imaginer que mon "rêve américain" continuerait d'en être un en se réalisant ?

Et j'étais parti sur les vieilles pistes, tant de fois parcourues à travers les livres que je les reconnaissais sans peine.

A Boston, j'habitais la plus glorieuse maison de la ville, celle du graveur Paul Revere qui partit à cheval, à minuit, pour Lexington et, sonnant le tocsin au vieux beffroi, réveilla John Hancock et Samuel Adams : "Alerte, les Anglais sont là !" Date mémorable : le 18 avril 1775. C'était le début de la guerre d'Indépendance. Le poète Longfellow allait immortaliser Paul Revere :

Attention, mes enfants, vous allez entendre
A minuit, le galop de Paul Revere,
Le dix-huit avril soixante-quinze.
Y a-t-il encore quelqu'un qui se souvienne du jour et de l'année ?

Cette escarmouche devint une guerre. Il en sortit la nation américaine, par la vertu d'une poignée de *minutemen*, prêts à combattre "à la minute". L'un d'eux est statufié à l'entrée du vieux pont du Nord, à Concord, haut lieu de la première défaite anglaise.

Concord, petite ville pimpante, apparut ensevelie de neige, décorée de houx pour la Noël. Emerson me reçut à Old Manse ; Hawthorne à Way Side. J'ai vu les stèles d'Alcott et de Thoreau, au cimetière, sur une colline d'érables. Mais Thoreau, le grand solitaire de mon adolescence, rôde encore dans les bois de Walden Pond où, avec l'arrière-petite-nièce de Daniel Boone (modèle de Natty Bumppo, la "Longue Carabine" de mes lectures), j'ai découvert au bord du lac les traces de la cabane dont quelques-uns, avec moi, ont fait une cathédrale…

J'étais bientôt à New Bedford. Le dernier baleinier à voiles, *The Wanderer*, y coula à treize milles du port, le jour de mon quatrième anniversaire. Le musée de la Baleine conserve une peinture de C. W. Ashley qui montre ce voilier en 1923, année qui précéda son naufrage. Et voici l'*Essex* dont un matelot, Owen Chase, a raconté de quelle façon ce navire fut éventré en 1820 par un cachalot de soixante coudées. Et, merveille des merveilles, la grande fresque de cinq cents mètres, peinte par Benjamin Russel, qui est à la baleine ce que George Catlin est aux Indiens. En 1841, Russel s'embarqua à New Bedford sur le baleinier *Kutusoff* pour un voyage de trois ans pendant lequel il dessina toute l'histoire de la chasse. On parle encore ici de Mocha Dick, l'ancêtre véritable de Moby Dick, qui sema longtemps la terreur avant d'être enfin capturé par un baleinier suédois en 1859. Sur son énorme croupe couverte de cicatrices, on dénombra dix-neuf harpons enkystés…

Un soir, dans un bistrot où j'avalais une soupe de crabes, environné de dents de cachalot sculptées, ces *scrimshaws* qui valent aujourd'hui des fortunes, de crânes de baleine, de cornes de narval, de peintures naïves figurant des orques, des jubartes et des rorquals bleus, Grant et Orland, pêcheurs de morue, acceptèrent, contre deux bouteilles de rhum, de me prendre pour le voyage de Nantucket que je préparais depuis ma naissance…

Par ce matin glacial de décembre, les deux pêcheurs et moi partîmes donc pour Nantucket, dans un cotre trapu, solide, labourant la masse verte de l'océan où bouillonnaient des effervescences lactées. Doublées les dernières balises, l'ultime bateau-feu, j'eus l'honneur de la barre. Il fallait s'accrocher, peser sur les pieds, ne pas se laisser dévisser par le vent cinglant la voile épaisse qui nous halait vers Nantucket à travers de froids paquets de brume. Je sentais l'humeur mordante de l'hiver s'insinuer sous ma lourde vareuse pourtant recouverte d'un caban et d'un ciré huilé. Mes mains bardées de mitaines et de moufles en peau de phoque agrippaient la barre plus qu'elles ne la tenaient, comme un métal soudé à un autre métal, et mes bras douloureux seuls guidaient cette mécanique éolienne selon les ordres de mes yeux droit fixés sur la toile. La coque butait contre de rudes houppées qui explosaient sur l'étrave, et repartait, à coups de museau, pour affronter la prochaine attaque. On ne voyait aucun pan du ciel, encombré de nuages noirs qui volaient bas, à travers lesquels j'entendais clamer goélands, pétrels, malamoques peut-être, plongeant hors de vue dans ces collines océanes. Grant le pêcheur, qui s'était calfeutré dans la cale, actionnait à temps réguliers la corne de brume dont la voix rauque épaississait davantage la masse d'air et d'eau. Soudain, l'un des espars vibra sous une raide rafale et je perçus comme une note basse ondulant sur les vagues, la première me sembla-t-il d'une suite de Bach pour violoncelle, et je crus voir entre le plafond des nuages et la mer coléreuse, dans un trou blanc de brume, la silhouette trapue de Pablo Casals dans le transept de l'église de Prades, livrant au Cantor un combat sublime, celui de Jacob avec l'ange, qui me transporta vers l'apex d'un système musical inimaginable. A cet instant Casals avait le visage terrible du capitaine Achab, vociférant dans le maelström, maniant son archet comme l'autre son pilon d'ivoire, et monstrueuse échine blanche émergeant du déferlement des vagues et des masses nébuleuses, Bach apparut dans un abîme, tel Moby Dick de l'antre du Léviathan, tandis que haubans, grelins et vergues déchaînaient une sarabande et une fugue héroïques que le maître, dieu féroce des tempêtes, noir de sang, blanc de sel, harponnait avec de grands gestes dramatiques d'une redoutable précision…

And now the stormblast came, and he
Was tyrannous and strong :
He struck with his o'ertaking wings,
And chased us south along…

criait dans les nuages l'Ancien Marin…
Et Job, dans son propre désastre :

Sa peau, la criblerais-tu de dards,
Harponnerais-tu sa tête comme un poisson ?
Essaie seulement de le toucher :
Au souvenir du combat, tu ne voudras recommencer !
Tout espoir serait illusoire,
Sa vue seule te terrasserait.
L'éveiller le rend féroce,
Qui pourrait l'affronter face à face,
Qui donc l'a fait sans en pâtir ?
Personne, sous tous les cieux !…
Qui a ouvert les portes de sa gueule ?
C'est la terreur autour de ses dents !
Son dos est une rangée de boucliers

Que ferme un sceau de pierre...
Ses naseaux lancent de la fumée
Comme un chaudron bouillant sur le feu.
Les flots prennent peur s'il se dresse,
Et les vagues de la mer se retirent...
Son cœur est dur comme le roc,
Résistant comme une meule du dessous.
En lui l'épée ne se fiche pas,
Ni la lance, la javeline ni le dard.
Pour lui, le fer n'est qu'une éteule,
Et l'airain du bois pourri...

A l'étambot, Orland tirait de temps en temps sur une ligne traînante, dans l'espoir de ramener quelques éperlans ou des églefins. Il me regarda, et ce qu'il vit dans mon regard absent lui commanda sans doute de venir vers moi, en chancelant, pour reprendre la barre.

— Va surveiller la ligne, dit-il seulement.

Nous arrivâmes à Nantucket, sur sa langue de sable, transpercés et fourbus. Je reconnus aussitôt les petites maisons basses, telles que Phebe Folger les avait peintes en 1797 du bungalow de son père Walter Folger, aquarelle que j'ai vue au département des Arts graphiques, dans la bibliothèque de Harvard, à Cambridge.

J'étais à Nantucket. Nantucket existait. J'existais donc, puisque j'étais à Nantucket, dans le gel de décembre, buvant du thé au rhum avec Grant et Orland à la Pollard

Tavern, tandis que des escouades de pétrels glapissaient en se jouant de la galerne…

Bientôt je m'étais retrouvé dans les terres delawares, sur la frontière du Québec, descendant le lac Champlain étincelant dans les érables noirs, vers Ticonderonga, porte du lac George que les Français appelaient lac du Saint-Sacrement et les Indiens lac Horrican (je me plaisais à dire Mohican), où voilà qu'enfin – je tremble encore à cette découverte après plus de trente ans – m'apparaissait, au terme des portages, sur les bords du fleuve Hudson, le fort William-Henry, tel qu'il se dressait dans *le Dernier des Mohicans*, le jeudi à l'étude du soir :

Sur la rive méridionale de ce lac, et plutôt vers l'ouest que du côté de l'orient, on voyait les fortifications en terre et les bâtiments peu élevés de William-Henry. Les deux principaux bastions semblaient sortir des eaux du lac qui en baignaient les pieds, tandis qu'un fossé large et profond, précédé d'un marécage, en défendait les côtés et les angles. Les arbres avaient été abattus jusqu'à une certaine distance des lignes de défense du fort ; mais partout ailleurs s'étendait un tapis vert, à l'exception des endroits où l'eau limpide du lac se présentait à la vue, et où des rochers escarpés élevaient leurs têtes noires bien au-dessus de la cime des arbres les plus élevés des forêts voisines…

A l'Enclos, deux garçons, deux frères, l'aîné du même âge que moi, arrivent un jour pour incarner la saga de Bas de Cuir. Ils me révèlent que leurs prénoms cachent, pour l'un celui de Chingachgook le Grand Serpent, pour l'autre celui d'Uncas le Cerf Agile : les deux Mohicans de Fenimore Cooper. Ce soir-là, après quelques palabres et beaucoup de silence, nous simulons une tabagie et j'en sors Bas de Cuir, le Tueur de Daims, la Longue Carabine, bref Natty Bumppo, le trappeur, l'ami des Delawares. Nous formons désormais une société secrète dont le territoire fut d'abord la bambouseraie de l'Enclos, domaine souverain des rainettes, et le ruisseau (notre Susquehanna) envahi de roses trémières, vrai ruisseau en ce temps-là, pas encore bétonné, peuplé d'épinoches, de couleuvres et de tritons marbrés, qui coulait le long de la cour des Miracles ; et pendant les vacances, pour de longues années, une colline, en pleine garrigue, noire de chênes verts et d'alaternes, luisante d'oliviers sauvages, avec des rochers en surplomb, verrait les exploits de Cerf Agile, les ruses de Grand Serpent, l'habileté d'Œil de Faucon, comme sur les chutes de Glenn, lorsque s'élevait le cri de guerre des Algonquins, pour quelque Magua en maraude et la terreur des cueilleuses d'asperges…

J'étais donc là au fort William-Henry, après trente ans de rêve, incertain d'y être vraiment, mais hurlant en moi-même : "C'est là, j'y suis !" Oui, j'y étais, au fort William-Henry, dans les pas de Cora et d'Alice, du major Duncan Heyward, ici où le vieux Munro capitula devant Montcalm après une entrevue déchirante et courtoise. Plus loin, sur la route qui mène au fort Edward, les héros de Cooper commencèrent leur périple ; je me penchai bientôt sur les cascades de Glenn : les deux Mohicans et la Longue Carabine y avaient livré bataille aux Mingos !

J'y étais enfin !

Dans le ciel déjà crémeux de l'hiver proche, cinglaient des triangles de bernaches en croisière vers le sud...

J'allais à l'ouest. Je traversai les Adirondacks, le lac Oneida. D'Oswego, je piquai vers le sud pour voir le lac Glimmerglass d'où Judith et le Tueur de Daims avaient descendu la Susquehanna. Je remontai sur l'Ontario, à travers des forêts de fer forgé, sous un ciel de plomb. Que de lacs, de rivières, immobiles, luisants ! Et l'Ontario, mer de glace, à perte de vue ! Enfin à l'embouchure de la rivière Niagara, le fort du même nom où j'entrai, comme si l'on m'y attendait depuis longtemps, par la porte des Cinq Nations iroquoises : Mohawks, Oneidas, Cayugas, Senecas, Onondagas...

A l'époque où Cavelier de La Salle, remontant la rivière, découvrait les fabuleuses chutes, on entendait, à des kilomètres, le tumulte des rapides se fracassant du haut des falaises. Le silence des grandes forêts régnait alors sur le pays indien. “Le beau fleuve !” avait dit Cavelier de La Salle. Et les Indiens avaient répété : “Bôfleu !” Et les Anglais, plus tard, écoutant les Iroquois, avaient compris “Buffalo” et donné le nom du bison à la ville qui allait naître au bord de l'eau, où j'arrivais maintenant.

Ce fut une halte pour le repos, comme une respiration au cours de mon voyage. Il convenait de calmer les émotions, de reprendre souffle. Je visitais des musées : à l'Albright Gallery of Art, un naïf, Edwards Hicks (1780-1849), sorte de Douanier Rousseau ; à la Buffalo Historical Society, une toile de John Mix Stanley représentant une palabre de Red Jacket... Je me promenais sur les rives du lac Erié, mangeais des *muskalungees* à Tonawanda, dans un bar enfumé où avec un “nickel” on pouvait déclencher l'authentique *hurdy-gurdy* du célèbre Dominic Cocco. Je prenais mon élan pour d'autres randonnées.

Et surtout, moi, l'ami de Chingachgook et d'Uncas, moi la Longue Carabine, j'habitais l'hôtel Mohican, Delaware Street !

Moi, Natty Bumppo...

Hier soir, à la radio, j'ai entendu, comme chaque fois avec bonheur, le *Stabat Mater* de Francis Poulenc, et c'est encore l'Enclos qui a émergé de cette musique. Je revois Poulenc au piano sur la scène de la salle Bleue, et près de lui, Pierre Bernac, plus admirable interprète que grand chanteur, d'un perfectionnisme un peu agaçant, disséquant les *Histoires naturelles* de Maurice Ravel avec des mimiques d'une malicieuse préciosité, et nous nous tordions de rire lorsqu'il en arrivait au paon et que, dressé sur la pointe des pieds, le menton levé, il clamait : "Léon ! Léon !" tout à fait comme les autres paons de la bambouseraie, et tous les paons de l'Asie et du monde.

Rien ne vaut le hamac pour écouter de la musique sous les branches, au point du jour déjà gorgé de tiédeur. Le lent balancement de mon corps épouse les cadences d'un *Trio en mi bémol majeur* de Franz Schubert. J'éprouve toujours, à écouter le “pauvre Franz”, comme à lire les poèmes de l’autre pauvre Francesco, qu’ils sont à placer ailleurs. Plus j’avance – et vers où ? –, plus me pénètre cette chaude fraternité qui me fait chaque fois davantage situer à part dans l’histoire de la musique celui qui mit au monde *le Roi des aulnes* et *le Voyage d’hiver*. Est-ce précisément parce que Schubert ne parle pas à Dieu – et qu’il n’en parle pas – qu’à l’Enclos, où tout bruissait de musique, je ne l’ai jamais rencontré dans les allées, sous les arbres du grand bassin ? Le chant des rainettes lui aurait plu. Il n’affrontait pas Dieu face à face du haut de la tribune de l’orgue, comme Bach, Mozart ou Beethoven. La *Messe en si*, *le Requiem*, *l’Ave verum*, la *Missa Solemnis*, ces monuments sonores que bâtissait la baguette exigeante, sûre, mais souple du *Kapellmeister*, nous transportaient dans la vision majestueuse, souveraine, voire extatique d’un Dieu le Père chamarré d’or dans un nuage d’encens. Dieu n’était pas pour Schubert. Mais peut-être eût-il été dangereux de nous montrer qu’à travers une vie sans Dieu – et une mort sans Dieu – notre Franz avait puisé sa musique dans la bonté du cœur, la douleur de la vie, la promesse de la mort, la fraternité des amis, les échos d’une campagne qui lui était un berceau, l’éternelle errance de l’âme dans un pays qui n’existait pas. Mais Schubert, qui n’avait même pas eu sa juste place sur terre, m’eût sans doute apparu, si l’Enclos lui avait donné un asile, du côté sanglant du Fils plus que du côté glorieux du Père.

Je n'ai jamais évoqué Franz Schubert sans que surgissent d'autres visages entourés d'ombres et de douleurs. Et c'est dans cette disposition de l'âme qu'un jour, après avoir déjeuné au Black Bull, j'ai traversé le cimetière d'Haworth, cœur d'une lande de pierres sèches, d'ajoncs épineux, de ravines à fougères, pays muet aux chemins sans issue. Malgré le soleil d'automne, l'ombre régnait sous les grands châtaigniers. Bien que le feuillage fût déjà clairsemé, l'entremêlement des branches, que d'énormes nids sombres obscurcissaient davantage, formait une voûte insolite soutenue par les colonnes lisses des troncs qu'on eût dits de fer. Les stèles en désordre, dressées comme de noirs mégalithes plantés de guingois sur un sol inégal, me parurent d'une menaçante tristesse. Il fallait marcher parmi de larges dalles grises, souvent sauter de l'une à l'autre, pour progresser dans ce domaine des morts. Et, plus que tout, m'avait aussitôt submergé d'une sourde angoisse le vacarme des freux craillant et fientant au-dessus du sommeil éternel.

Le presbytère, plus ensoleillé, mais non moins désolé, s'élevait à la limite des tombes. Au-delà, de petits enclos verdoyants, enserrés par des murettes de pierres sèches, où paissaient des moutons chevelus du Yorkshire, s'arrêtaient à l'orée de la célèbre lande. De rares visiteurs flânaient à travers les arbres avec recueillement. On les eût pris pour d'austères paroissiens s'ils n'avaient arboré quelque chemise voyante et la caméra rituelle des panoplies touristiques. En longeant l'enceinte basse qui sépare le champ de tombes du presbytère, j'aperçus une femme assise sur une dalle que je découvris plus tard être celle de Tabitha Aykroyd, la servante du pasteur Brontë. Je l'avais cherchée sans succès, les inscriptions étant, dans l'ombre des grands arbres, peu déchiffrables sans lumière rasante, et beaucoup d'entre elles illisibles sous la mousse ou le coup de gomme du temps. Je voulais voir cette sépulture, et celle de l'autre servante, Martha Brown, qui avait survécu à tous les personnages de ce théâtre d'ombres. La silhouette assise, un livre à la main, l'air absent comme en un songe, m'avait attiré vers ces tombes, par l'effet de ce qui m'apparaissait être un étrange maintien, fier et réservé tout ensemble, accentué par une vêture singulière et désuète. Son visage, dont je captais la relative jeunesse, avait la pâleur ivoirine que l'on prête aux nonnes en retrait derrière leur clôture, et ses cheveux coiffés en bandeaux serrés se terminaient sur la nuque par un chignon qui trahissait la réserve et l'austérité.

Dans la tour carrée de l'église où sont ensevelis les Brontë, la cloche sonna. Un seul coup, qui fit s'envoler les freux. On eût dit l'éparpillement de lambeaux de crêpe. La jeune femme tourna son visage de cire où je crus lire un consentement à l'inévitable. Aussitôt se mit à chanter en moi la mélodie du *Quatuor en ré mineur* de Franz Schubert, celle de l'andante qui dans le lied *la Jeune Fille et la Mort* épouse des paroles funèbres de réconfort :

Donne-moi la main, belle et tendre enfant,
Je suis ton amie qui ne viens pas punir.
Courage ! Je ne suis pas cruelle,
Tu dormiras doucement dans mes bras...

Comme je m'approchais, subjugué plus qu'intrigué, de cette femme seule ici à ne pas être en dissonance avec le paysage, je pus observer son regard brûlant, cet air grave et farouche, qui éveillaient en moi un écho lointain. Je voyais ses lèvres qui remuaient doucement mais ne formaient aucun mot que je puisse percevoir. On l'eût dite *apparue* ; et moi, me semblait-il, dans ce cimetière, l'unique témoin de sa présence. Alors, j'entendis cette phrase qui m'était connue, mais dont je ne savais en cet instant quelle en était la source (qui l'avait prononcée, moi, ou la jeune femme ?) ; peut-être venait-elle seulement des profondeurs de ma mémoire – une lecture sans doute – sans lien raisonnable avec ma présence en ce jour dans le cimetière d'Haworth :

Et ceux qui sont las se reposent.

Depuis longtemps déjà je n'avais plus de nouvelles de Donald O'Brennan, mon ancien professeur d'anglais. Là, comme en d'autres cas, j'avais trop tardé. Ces longues années étaient passées sans une lettre qui eût alors débloqué le temps. La guerre pesait de toute sa présence encore, et j'avais cru vivre, alors que seulement j'existais. J'aurais dû lui dire plus tôt mon affection, et qu'il m'avait donné, à sa mesure et à son niveau, une bonne part de ce qui est à mes yeux, aujourd'hui, l'essentiel. Lorsque enfin j'écrivis, il était temps. Deux ou trois lettres me parvinrent et l'espoir me saisit d'une seconde route ensemble. Puis le silence.

J'ai reçu ce matin la nouvelle que je craignais : Donald O'Brennan était mort, l'an dernier, dans sa petite cure du Donegal. Je n'avais plus qu'à inscrire son nom sur la stèle de mon mémorial privé…

Donald O'Brennan (nous l'appelions le *Father*) était un petit prêtre irlandais, rouquin, à l'œil givré derrière ses lunettes dorées. Il invitait quelquefois ses élèves préférés, dont je fus, à une *tea party*, dans son appartement de deux pièces, tout en haut du bâtiment des classes qui s'étageaient au-dessus de la salle Bleue, au fond du parc. Cette initiative originale ne pouvait qu'être clandestine. Nous étions deux invités, généralement. Le *Father* n'aurait pu en cacher trois dans la penderie de sa chambre si par aventure – cela se produisit deux ou trois fois – le père Foque s'était avisé de lui rendre visite, pour une décision à prendre, une directive à donner ; nous devions attendre patiemment dans le noir le moment de son départ, dans l'odeur mêlée de la naphtaline et du tabac blond. Falbert parti, éteints les bruits mous de ses pas dans le corridor, le *Father* venait ouvrir la porte, clignant de l'œil et plaisantant ; nous retournions alors dans la pièce voisine qui servait de bureau et de salon. Là, il se mettait au thé comme à un rituel. Il nous parlait de l'Irlande, des îles Aran, du cricket, de la vie anglaise, de l'indépendance de son pays, de la pêche au saumon, nous interrogeait sur nos familles, nos goûts, nos projets. Il menait toujours la conversation d'une voix juvénile, primesautière, avec un accent qui me revient maintenant : celui des doublages de Stan Laurel. Nous étions devenus amis après qu'il m'eut infligé, de sa main prolongée d'une badine souple, une splendide fouettée, en pleine récréation, pour un forfait dont je n'ai plus le souvenir. Doué pour l'anglais, je me passionnais de *Jim and Daisy*, livre de classe qui nous menait, en compagnie de ses jeunes héros, dans les rues de Londres, à Hyde Park, à Covent Garden, au British Museum, ainsi que dans la campagne anglaise où nous retrouvions les traces de Mr. Pickwick. A l'approche de Noël, le *Father* nous lisait les *Christmas Carols* et nous introduisait chez le fantomatique Mr. Scrooge. Mais lors des *tea parties*, il passait allégrement des *limericks* à des poésies plus substantielles. Je me suis embarqué avec le *Seafarer !* J'appris de Burns *Bonnie Lesley*, de Wordsworth les suaves *Daffodils*, je chantais l'anonyme *Mary Hamilton*, explorais l'univers de Ben Jonson, John Donne, Traherne, Swinburne, Hopkins, Matthew Arnold, Browning, Coleridge, Byron, Edward Lear *(How pleasant to know Mr. Lear)* et Oscar Wilde dont la *Ballad of Reading gaol* eut son regain en moi lorsque, cinquante ans après, j'allai dans cette ville qui n'est célèbre que par lui. Je trouvais Milton ennuyeux ; de Tennyson, je préférais *The Lady of Shalott* à la fougueuse *Charge of the Light Brigade*. Que notre Charles d'Orléans ait écrit aussi des poèmes en anglais, pendant son interminable captivité, ne fut pas une mince surprise. Ah, comme j'appris à les aimer ces poètes anglais, fruits de la perfide Albion qui, à longueur de siècle, nous emmerda sur terre et sur mer ! Mais le *Father* n'oubliait pas qu'il était irlandais. Il ne nous cachait pas sa fierté de Yeats (qui ne figurait pas au programme), et par le biais de *la Comtesse Cathleen* ou de *la Mort de Cuchulain*, il nous parlait de son île. Il y repose à jamais dans les collines du Donegal…

Tout cela, sans aucun doute, décida de la route que j'allais prendre beaucoup plus tard, homme du Sud, vers les mirages du Septentrion.

J'étais un enfant ombrageux, timide et sauvage. La vie de pensionnaire renforçait en moi un penchant naturel à la solitude, à l'enfermement, au silence. Un jour, lors d'un départ en vacances, le *Father* dit à ma mère : “Votre enfant, madame, il est sinistre.” Je devais l'être assurément. Grâce aux *tea parties* de Donald O'Brennan, j'allais le devenir moins, mais la sociabilité ne fut jamais mon fort, et souvent, dans ma vie, je dus porter un masque. Non sans plaisir, je l'avoue.

Souvent, le *Father* invitait son “grand copain” l'abbé Maurriat, qu'il appelait *The Long Black Man*, un homme grand, maigre, un peu voûté, au cheveu noir et ras, à l'œil vif, au teint basané, affublé du nez du Grand Condé. Il se promenait à longues enjambées de héron dans les allées de l'Enclos, emmitouflé en hiver dans une ample pèlerine noire, toge qu'il rabattait en capuchon sur sa tête pour se protéger du froid. L'abbé Maurriat nous enseignait l'histoire et la géographie. Quoique châtié, son langage était pittoresque, plein de couleur et d'humour, d'un ton parfois goguenard, pour nous parler de Louis XI, de Richelieu, de Marat ou de Jules Ferry. Il adorait recevoir des cartes postales et je ne manquais jamais en vacances à Fondagues, ou dans quelque petit voyage, de lui envoyer des vues "typiques" qui fussent dignes de son enseignement.

C'est le *Long Black Man* qui me confessait chaque samedi, comme c'était l'usage. Fatigué d'avoir à redire les mêmes peccadilles, je finis par imaginer un péché de gourmandise.

— Gourmandise ? Quand ? Où ? fit brusquement l'abbé.

— Heu… ici… heu… mon père…

— Ici ? Vous vous foutez de moi ? La nourriture est bonne, je veux bien, mais de là à parler de péché de gourmandise, vous me la copierez. Allez, ouste, pour purger votre mensonge, trois Pater et trois Avé… Et que je ne vous y reprenne plus…

Le samedi suivant, il prit les devants :

— Alors, cette gourmandise ?…

Comme je lui répétais, une fois de plus, mes pâles vilenies, il me dit :

— Si c'est tout ce que vous m'apportez, je vous autorise à espacer vos confessions. A moins d'avoir assassiné quelqu'un, inutile de revenir me voir de quelque temps.

Cela me donnait de la marge.

Le *Long Black Man* et le *Father* formaient une vraie paire d'amis. Grâce à eux soufflait sur l'Enclos un vent que je percevais à tort comme libertaire, un air différent en tout cas, une récréation de l'esprit. Je mesurais l'importance de cette complicité dans laquelle ils m'accueillaient. J'avais le sentiment, point désagréable, d'avoir été admis dans une sorte de snobisme de bon aloi, dont le parfum du thé, des scones, du tabac blond, la nostalgie des ballades irlandaises étaient les signes d'une privauté marginale et élective qui échappait au commun. J'avais une haute conscience de ce privilège d'appartenir à une société secrète et d'en jouir, bouche cousue.

Après l'office, le dimanche de Pâques, nous étions en vacances. Lorsque je n'allais pas au rendez-vous d'Uncas et de Chingachgook à travers les collines de chênes verts, du fort Edward au fort William-Henry, sur la piste des Mingos, en rêvant d'Alice et de Cora, l'oncle Blaise m'invitait au campement de la Grande Plage, dressé à l'abri des hautes dunes – aujourd'hui rasées – près de la Mer Sauvage. J'emportais mes engins de pêche (foënes, tridents, digons, cannes, moulinets, hameçons) et mes lectures favorites. Nous campions sur un vaste territoire, alors désert, non loin d'un petit fleuve plat dont l'une des embouchures venait mourir dans les flaques que formait la mer par gros temps, au lieu dit "les Abîmes". Le roi de France y avait bivouaqué avec ses troupes, avant d'aller tailler des croupières aux Sarrasins pour confirmer sa sainteté. Les braves soldats francimans qui n'étaient pas accoutumés aux moustiques attrapaient la malaria, et beaucoup mouraient dans les marécages. L'oncle Blaise m'avait souvent parlé des tombes, enfouies dans les sables à scirpes, où dormaient avec armes et cuirasses les guerriers de Saint Louis. Les pêcheurs d'anguilles, les chasseurs savaient qu'ils étaient là, on se l'était dit au fil des siècles, sans pour autant chercher à en savoir davantage, jusqu'au jour où cette belle histoire qui avait couru tout au long de mon enfance surgit sous les mâchoires des défonceuses lorsque, venu le temps de la déréliction et du déshonneur, une pelle mécanique dégagea les tombes sur le site de la Mer Sauvage où s'érige maintenant la grande muraille de béton de l'imposture. Ce fut, soudain, au fort de la nuit, sous les projecteurs, la panique qui saisit les chefs de chantier. La hiérarchie fut alertée.

— Je les ai vus, me dit plus tard l'un des complices, ils étaient là, avec leurs cottes de mailles et leurs glaives. Inutile de vous dire qu'on n'a pas lambiné. Pas question de réveiller les archéologues ; ils auraient retardé les travaux. Il fallait faire vite. On a tout recouvert dans la nuit. Surtout ne dites rien. Je vous le confie parce que vous êtes du coin…

Ah, bêtise, grande inspiratrice !

Quand sous l'effet de crues lointaines près de ses sources, le petit fleuve avait largement débordé puis s'était retiré, nous allions traîner un guideau dans les flaques peu profondes. L'oncle Blaise entrait dans l'eau jusqu'à la ceinture, calant avec un pied la base du filet et halant le grelin. Je faisais de même sur l'autre rive et nous avancions de conserve jusqu'à l'échouage, au terme de la flaque. Le grand plaisir que c'était de dénouer les culs-de-sac pour libérer tout un monde gluant et frétillant de petits muges, perches-soleils, grondins, plies, dorades, anguilles, sépioles, seiches, calmars, galères, crevettes, roussettes, mourines, hippocampes, filets, barbues, loches, iragnes, girelles, mormes, crabes, qui allaient vite plonger dans le chaudron ou griller sur la braise.

J'étais fasciné par l'apparition, au coucher du soleil, sur les marges tièdes des flaques, des trigles qui rampaient à l'aide de leurs petites pattes et coassaient comme des grenouilles. Je n'avais qu'à les cueillir pour la soupe du soir… Au bord de la mer, un long banc de sable à peine recouvert regorgeait de tellines. Il suffisait de piétiner pour les faire sortir autour de nous par centaines, et nous les ramassions avec une petite drague. Sur ce même banc, je prenais à la foëne des poissons plats, limandes, soles, carrelets, torpilles, qui venaient se chauffer au soleil dans le calme de la Mer Sauvage. Nul ne passait, en ce temps-là, sinon quelque chasseur de cicindèles, quelque cabanier de l'étang, dont la présence insolite suffisait pour attirer notre attention. Je me souviens encore de la vague silhouette, se mouvant dans la chaleur tremblante au ras du sable, d'un étrange et long personnage, coiffé d'un chapeau de toile blanche, armé d'un filet à papillons, que je comparais au candide David la Gamme, le psalmiste du *Dernier des Mohicans*...

Rien ne me plaisait davantage que de suivre Alphonse, le garde-chasse, quand il allait poser ses pièges, portant sur le dos un sac de jute qui contenait ses boîtes à putois. Il me montrait comment les placer sur le passage coutumier de ces bêtes. Beaucoup plus qu'en classe, et tout autrement, c'est avec Alphonse et l'oncle Blaise que j'ai appris sur la nature et la façon d'y vivre, à défaut d'y survivre comme les héros de mes lectures du jeudi. Peu d'enfants de mon âge savaient autant que moi comment poser les pièges à lapins, les collets et les trébuchets à l'endroit juste, repérer les traces de lièvres, les empreintes de fouines, les lardoires des pies-grièches, les vermillis, les souilles et les boutis des sangliers, les coulées des renards et des blaireaux, évaluer les allures, estimer les bons gagnages, observer les écorçages du campagnol et de l'écureuil, les restes de repas des busards, les pelotes des effraies et des choucas, les laissées, les crottes, les houzures, les fientes et les fumées, identifier les nids, les terriers, les gîtes et les bauges. Je savais tout des mouettes, des goélands, des foulques, des sternes, des hérons, des ragondins, des loutres, des genettes... De même pour ce qui était de la mer et des rivières. L'oncle Blaise m'avait appris que pour pêcher des pagres, il fallait un bon fil de 120, des hameçons double-zéro, un lest de cinq cents à sept cents grammes, et que la meilleure amorce était une sardine. Il m'avait montré comment faire danser de temps en temps le fil de la palangrotte pour attirer les girelles, débarrasser les vives de leur dard, assommer les congres, saisir les anguilles en prenant une poignée de sable, découper de la ventrèche pour la pêche à la traîne, dépouiller les torpilles et faire sécher leur peau au soleil, tendre les cordes à truites, placer les balances à écrevisses, piéger les vairons avec une bouteille, accrocher les sauterelles à l'hameçon... Je savais aussi dresser une tente dans le vent, allumer un feu entre deux pierres sous la pluie, monter une hutte de branches, faire avancer le négafol à la partègue... Bref, j'étais prêt à vivre sur l'île de Crusoé, dans le Gran Chaco, ou dans la savane des *Bandits de l'Arizona*, mais surtout dans la Prairie, les forêts, les lacs et les rivières où m'avaient appelé les batteurs d'estrade et les Mohicans. Les broussailles et les bosquets de la Grande Plage étaient devenus les immenses plaines à bisons du Nouveau Monde. Le jeudi soir, à l'étude, Nathaniel Bumppo ressemblait à Alphonse…

… ses traits maigres portaient l'empreinte de l'âge. Les saillies de ses muscles relâchés, qui autrefois annonçaient une grande force, étaient encore visibles ; et dans cet état même il y avait dans toute sa personne un air de vie et de durée qui aurait pu défier le temps. Son costume se composait en grande partie de peaux avec le poil en dehors ; une corne à poudre et une poche de cuir pour ses autres munitions de chasse pendaient à ses épaules ; il était appuyé sur une carabine d'une longueur extraordinaire, mais qui, comme son maître, portait les traces de longs et pénibles services…

Alphonse n'utilisait pas, bien sûr, la poire à poudre, encore qu'il fît lui-même ses cartouches, le soir à la veillée, tout comme l'oncle Blaise. Il ne portait pas d'habits de cuir, mais une vieille veste de futaine qui, elle aussi, avait fait carrière, et il s'accompagnait d'une gibecière. Son fusil n'était pas la longue carabine de Natty Bumppo, mais un vieux deux-coups calibre 12 à la crosse éraflée. Alphonse portait lui aussi les traces de longs et pénibles services.

Pour aller à la Grande Plage, il fallait emprunter un chemin, le long du canal, où la torpédo de l'oncle Blaise croisait souvent d'énormes percherons fessus qui halaient des chalands enfoncés dans l'eau verte. Entre les phragmites, je pouvais voir dans des trous d'eau les plongeons rapides des minuscules cabussaires. Sur la gauche, l'étang de l'Or luisait dans le petit matin. A travers les tamaris, les berges se devinaient au loin, dans la brume, au-delà des marais que le soleil pâle revêtait de métal blanc où se détachaient des bandes noires de foulques remisées. La voiture cahotait dans les ornières durcies par le froid ; l'oncle Blaise jouait habilement du volant pour les éviter, faisant grincer les essieux et les ressorts. Coincé à l'arrière au milieu de bonbonnes, filets de pêche, appeaux, sacs de pommes de terre, cuissardes, cartouchières, cirés, couvertures, je regardais le ciel où s'étiraient des vols noirs d'étourneaux qui allaient s'abattre dans les marsaults du Grand-Travers. A l'approche des cabanes du Roc, où vivait Crouquet, un pêcheur qui fournissait en muges mon grand-père, un long sifflement à faire peur me parvenait et des oiseaux à bec courbe, volant en chevrons, passaient sur nous en trombe.

— Des courlis, me criait l'oncle Blaise, des courlis cendrés ! Ça promet !

Une tartane lourde et lente, en quête d'un canard blessé, rasait les roselières, du côté de la Jasse, vers les hauts peupliers qui marquaient les limites lointaines de la Grande Plage. La torpédo prenait enfin un chemin de terre qui menait au mas. Mon grand-père y avait pris ses quartiers d'hiver, pour préparer les travaux de la saison. Là, il enlevait son col dur, mettait une grosse veste, un pantalon de coutil, de solides godasses. Il redevenait paysan.

Dès l'entrée je le voyais, au fond de l'allée, devant la porte, coiffé de son béret noir, son cou protégé des moustiques par un grand mouchoir blanc.

Je courais l'embrasser.

— J'en ai eu cinq, ce matin, j'en ai eu trois, j'en ai eu six, m'annonçait-il à la cantonade. Sur le banc de pierre étaient allongés les lapins qu'il avait tirés à l'aube dans le parc sauvage, de la fenêtre de sa chambre. En ce temps-là, le lapin de garenne pullulait, à la Grande Plage comme ailleurs. On ne savait qu'en faire. Ce n'était partout que fumades. Mon grand-père n'était jamais pris au dépourvu. Si ses quatre fils arrivaient pour la chasse au marais, s'il voulait régaler un fournisseur, un voisin, un ami de passage, il se mettait à la fenêtre, à l'aube, et pan ! pan ! en l'espace d'une heure garnissait le garde-manger de la souillarde. Bien avant ma naissance, quand mon père et l'oncle Blaise étaient encore des jeunes gens, la chienne Mirza, me racontait-on avec une certaine déférence envers cet animal légendaire, chassait toute seule. Non pour son propre compte, comme d'autres sans foi ni loi, mais pour la gloire. Elle rapportait de ses virées dans les relevées sableuses des lapins qu'elle disposait sur le carrelage de la salle à manger, et toujours lorsque mon grand-père avait un hôte, ce qui ne manquait jamais d'émerveiller celui-ci.

En arrivant à la Grande Plage, j'aidais mon oncle à décharger la torpédo. Ensuite, j'avais l'habitude de courir à la volière où il recueillait les oiseaux blessés qui étaient ramassés dans les marais : hérons, aigrettes, foulques, mouettes, parfois un flamant rose à l'œil étonné. C'était “les invalides”. De là, j'allais retrouver, sûr de les voir acantounés le long des écuries aux premiers rayons du soleil, Matou, Ahmed et Moussa, les vieux Arabes qui vivaient de tout temps, me semblait-il, sur la Grande Plage. Avec eux je regardais le ciel, comme me l'avait appris l'oncle Blaise, pour guetter les escadrilles de sarcelles ou, par chance, si l'hiver était dur, le triangle magique des oies sauvages. Tout en scrutant le ciel encore pâle du matin, je tendais l'oreille vers le marais pour écouter les clameurs des oiseaux.

— Ecoute, Basile, disait soudain Ahmed, écoute !

Un rauque mugissement arrivait des lointaines roselières.

— Le butor, dis-je avec une sorte d'épouvante joyeuse et respectueuse, le butor étoilé !

Chaque fois, je croyais que parvenait du fond des âges l'appel d'une bête fabuleuse, régente du marais, que sa solitude même parait d'une grandeur menaçante et sacrée. Le butor étoilé ! Et je me coinçais, frissonnant de crainte et de plaisir, entre Ahmed et Matou qui étaient sans doute, en ce moment plus que jamais, les derniers d'une race comme j'en rencontrais dans mes lectures.

Ahmed, Matou et Moussa ont disparu, et mon grand-père au lorgnon, et Tantillon et Anna Donne, pendant que je guerroyais de l'autre côté de la mer, adolescent au milieu des morts, ignorant encore qu'il faut se rendre à l'évidence que rien n'est immuable et qu'on est condamné à ne compter un jour que ce qu'on a perdu. Alors commence le chant terrible de la mémoire. Souvent, je me suis demandé où, dans quelles tombes, s'en sont allés Ahmed, Matou et Moussa. En pensant à eux, en les cherchant dans les roselières, je les fais vivre. Moi disparu, ils seront morts à jamais…

… *de petites vagues caressaient le sable que les premières lueurs du jour à naître teintaient de pervenche. Des mouvances d'ombre enveloppaient la barque, la transfiguraient à mesure que s'entrouvrait le ciel. Les tamaris, dessinés d'un seul jet d'encre, se découpaient sur la mer où le bleu-noir cédait à de larges giclées métalliques, échos des tendres nuages mauves chargés de vent du nord. Des hérons, à faible altitude, visibles seulement à la verticale, jetaient en passant de brefs cris enroués. Tout près de là s'établissait chaque été une colonie de bihoreaux dans deux gros bouleaux penchés sur une mare que formait la roubine. Je venais les observer souvent, une heure ou deux, s'ébattant dans les branches avec des claquements de becs et de rauques borborygmes, puis soudain s'envolant pour planer un moment avant de se poser de nouveau dans les arbres. Je voyais leurs larges ailes noires et le gris léger de leur ventre rosir dans le soleil. Il se mêlait parfois à cette héronnière les radieuses formes blanches de quelques garzettes. Ils ont tous disparu, maintenant, comme ont disparu les deux arbres, et les dunes, et le vaste marais proche où j'allais, enfant, poursuivre les muges dans l'eau saumâtre que le fleuve débordant faisait en se mélangeant à la mer, tout ce monde qui m'avait fait vivre de cris nocturnes, de traces matinales, d'odeurs et de contacts. J'y avais appris le miaulement du busard, l'insolite beuglement du butor étoilé, le sillage des ocellés en chasse, les longs dérapages des couleuvres sur le sable, et le cruel petit froid de l'aube quand le soleil apparaissait au-delà des grandes plages nues de l'est. Il nous faut désormais vivre avec nos souvenirs…*

Du temps de l'Estagnol je ne connaissais pas encore les bayous de la Louisiane, du côté d'Opelousas, qui me parurent si familiers lorsque j'y pénétrai. Des Noirs pêchaient des grenouilles dans les canaux ; d'autres s'abritaient de la pluie sous le porche de leurs maisons en bois. Tandis que je pataugeais dans les vasières pavoisées des écharpes en deuil de la mousse espagnole, parmi les lourds tapis flottants des jacinthes et les troncs rachitiques des cyprès chauves, je vis dans une clairière, entre deux massifs de mangroves, plonger l'oiseau-serpent, l'anhinga…

… je revins le soir, pour voir les bihoreaux se poser sur les mangliers. Des grenouilles-taureaux coassaient au plus épais des joncs, et des écureuils volants dégringolaient des chênes. D'autres arbres abritaient une faune crépusculaire : les tupélos, les saules et les liquidambars où roucoulaient des tourterelles tristes ; plus tard se posaient des rapaces nocturnes. Une énorme lune sortait des roseaux, tranchée en deux par une suite de hérons noirs. Dans le reflet sur l'eau je voyais des rats musqués se remiser dans les mangroves. Ce n'était partout que caquetages, piailleries, glapissements, vociférations, plaintes, piaulements, criailleries, craquètements, ramages, stridulations, et proche de moi l'énervante musique des maringouins…

Un matin, à l'aube, Alphonse vint avertir l'oncle Blaise que d'énormes muges s'empêtraient dans les roseaux de l'Estagnol. Je me glissai hors de ma tente, toujours soucieux de ne pas traîner, d'être de tous les coups. Alphonse et l'oncle Blaise, munis de leurs fusils, partirent, et moi suivant. Bientôt nous pataugions parmi les phragmites dans une eau basse où de violents remous indiquaient qu'un banc de gros poissons tentait avec désespoir de forcer une issue. Guidés par les clapotis, l'oncle Blaise et Alphonse tiraient à petits plombs et j'allais aussitôt ramasser les grands muges qui battaient de la queue, le ventre en l'air, dans l'eau trouble et rosâtre... Le soleil montait dans le ciel qui prenait les couleurs des tellines rayonnantes, d'un rose si délicat, fragiles et transparentes, que je ramassais sur la plage, et devant moi dans une baisse, de petits gravelots, affairés et intrépides, trottaient, comme montés sur roulement à billes, s'arrêtant pour hocher la tête et repartant de plus belle en quête de nourriture. Plus loin, vers la mer, sternes, guifettes batifolaient, avec d'aigres cris. Ce paradis des limicoles a disparu dans un réseau de larges routes goudronnées. J'y assistais autrefois au merveilleux ballet des barges, courlis, glaréoles, avocettes, huîtriers pies, échasses, pluviers, phalaropes, bécasseaux, chevaliers ; dans les roubines piétinaient des râles et des marouettes, furtifs, invisibles, dont seuls nous parvenaient les *krui-krui-krui-krui, kik-kik-kik-kik, houitt-houitt-houitt, kouèkouèkrekrkrkr*, à rendre fous les chiens les plus habiles...

Je parle d'ancien temps, le mien, encore proche de celui de Pline dont je lisais l'*Histoire naturelle*, un temps où tout paraissait immobile et intouchable, pas tellement éloigné, en vérité, de l'époque où Caius Plinius Secundus, dit l'Ancien, victime de Vulcain qui, du mont Somma, envoya sur lui ses cohortes de lave, en l'an 79, observait, des relevées de l'étang de Lattera, les ébats des dauphins, alors alliés des hommes. Il est hors de question qu'un savant de cette stature, qui se penchait avec le sérieux désirable sur les cailloux, les herbes et les hannetons, puisse être taxé de fantaisie lorsqu'il relate, pour notre plus grande délectation, comment là même où poussaient dans mon enfance les narcisses blancs dans les grasses prairies de Lattes, les dauphins, ces doux et hardis navigateurs, prêtaient main-forte aux pêcheurs de l'étang : *Dans la province de Narbonne, se trouve un étang appelé Lattera où les dauphins pêchent de concert avec l'homme. Une masse énorme de muges, à la même époque, se précipite dans la mer au moment du reflux, par le grau de l'étang ; aussi n'est-il pas possible de tendre les filets qui rompraient sous une telle pesée, quand bien même un moment particulièrement choisi prendrait les muges en défaut. Aussi, en toute hâte, les poissons se réfugient en mer profonde, dans un gouffre proche, pressés de fuir le seul lieu propre à la pose des filets. Dès que les pêcheurs les ont aperçus, tout le peuple – car une immense foule, avertie de l'événement et affamée de ces réjouissances, s'est formée –, tout le peuple, dis-je, du rivage lance de grands cris et invite chacun à cette affaire spectaculaire. Les dauphins comprennent bientôt qu'on a besoin d'eux, le vent aquilon portant les voix jusqu'à leur bord, à l'opposé du vent de mer qui les étouffe. Ce qui est sûr c'est qu'ils ne font pas attendre leur aide. On les voit arriver en rang de bataille et prendre aussitôt position sur les lieux de l'action : ils barrent aux muges la route de la haute mer et, semant l'effroi, les repoussent dans les hauts-fonds. Alors les pêcheurs jettent leurs filets et les soulèvent avec des fourches ; pourtant, les muges, lestes, les sautent ; mais les dauphins fondent sur eux et se bornent, pour le moment, à les tuer, se réservant de les manger après la victoire. L'affaire est chaude : les dauphins, qui poussent furieusement leurs pointes, se laissent enfermer dans les filets, et pour que leur présence ne précipite pas la débandade de l'ennemi, ils se glissent entre les barques, les filets ou les nageurs, avec assez de précautions pour ne pas ouvrir la porte aux muges. Sans effort, ils se dégagent par des sauts – leur jeu favori, d'ordinaire – avant qu'on abaisse devant eux les filets ; sortis, ils livrent combat aussitôt devant l'enceinte. Enfin, la pêche terminée, ils dévorent ceux qu'ils ont occis. Mais avec l'assurance qu'ils ont rendu trop de services pour ne recevoir salaire qu'un seul jour, ils attendent au lendemain et se rassasient non seulement de poissons, mais aussi de pain trempé dans du vin.*

J'avais pris un vif plaisir à traduire ce passage (livre IX, chapitre IX, verset I) de l'*Histoire naturelle* et à l'embellir en lui donnant une version "srevne" qui le rendait connu de moi seul. Je la dédie aujourd'hui aux pêcheurs de muges de notre temps déserté par les dieux. Car les dieux manquent, à coup sûr, pour établir entre les dauphins et les hommes des liens qui jadis paraissaient de nature. Comme les dieux, les dauphins ont déserté nos rivages. S'ils s'y hasardent, poussés par la nostalgie des âges perdus, ils y meurent. Je peux seulement me souvenir que dans mon enfance, il m'arrivait de nager au milieu des dauphins qui croisaient le long du rivage tandis que nous prenions le dernier bain de la journée, aux heures calmes de la tombée du jour. Nous leur faisions confiance, et leurs remerciements s'exprimaient en de joyeux bonds d'acrobates, leurs petits yeux malins pétillaient d'allégresse quand nous lancions des cris de bonheur. Les enfants que nous étions ne peuvent que se sentir pauvres, dans les hommes que nous sommes, d'avoir à pleurer aujourd'hui l'absence de ces bons compagnons. De quoi les dieux nous ont-ils punis ?

De la forêt de bambous dont les feuilles satinées trémulent à peine dans le vent tiède du printemps, parvient la rumeur d'un cantique de triomphe. La procession sort de la chapelle au moment où le carillon lance sous le soleil une dégringolade de notes qui provoquent les clameurs indignées des paons juchés dans les frondaisons. L'odeur entêtante des fleurs qui jonchent le sol sur la voie de l'ambarvale envahit le parc. Des tapis d'Orient, tissés de sciure teinte, alternent avec les chemins de pétales, tout en arabesques, symboles sacrés, devises pieuses, soleils aux rayons flammés, sinueux comme des criss. Aux points stratégiques s'élèvent des reposoirs parés d'atours magnificents, de nappes brodées d'or, d'argent, de passementeries multicolores, croulant sous des buissons de roses, lis, glaïeuls, iris, jacinthes, jonquilles, narcisses, œillets, palmes et rameaux, coupés de bon matin. Débouchant des bambous, apparaît la croix processionnelle, quelque peu byzantine, rutilant de cabochons, de camées, d'émaux champlevés, qui conduit la cohorte des anges vêtus d'aubes immaculées à cordelières et capuchons, narines frémissantes, regards lumineux tendus vers le prochain reposoir, tels les chœurs des Trônes, Vertus, Puissances, Chérubins et Séraphins, qui chantent à l'unisson :

Lauda Sion Salvatorem,
Lauda ducem et pastorem,
In hymnis et canticis.
Quantum potes, tantum aude :
Quia major omni laude,
Nec laudare sufficis...

Et voici le nuage bleuté qui enveloppe dix encensoirs étincelants balancés au rythme conquérant de l'hymne. Dans mon imagination – celle de ma mémoire – se consumaient sur la braise des cassolettes, avivée par les thuriféraires, tous les parfums de l'Arabie, de la Perse et de la Mésopotamie, qui ne pourraient jamais effacer l'équivoque de cette sainte liesse dévorant mon cœur. Là, s'élevaient des fragrances sublimes. Je m'enivre aujourd'hui à tous ces mots : nard, oliban, myrrhe, aliboufier, cinnamome, benjoin, liquidambar, chibou, copal, ambréine, dammar, élémi, dathiate, gaïac, succin, sandaraque, jalap, gutte, scammonée, styrax, assa-fœtida, copahu, opopanax, au milieu des hosannas, des gaudéamus, dans l'exaltation des alléluias. Ravis, nous étions aux anges…

Portes, élevez vos linteaux,
Elevez-vous, portes éternelles,
Car le voici le Roi de gloire !

Le voici qui approche, de tapis en tapis, dans l'envol des pétales, de la sciure peinte, que le vent soulève comme des confettis…

Quod non capis, quod non vides,
Animosa firmat fides,
Praeter rerum ordinem.
Sub diversis speciebus,
Signis tantum, et non rebus,
Latent rex eximiae…

Derrière, suivent diacres et sous-diacres en dalmatique, chanoines à camails, protonotaires en rochet, fraîches tonsures, têtes chenues, ports altiers, démarches trébuchantes, cordelières, mantelets, barrettes, tuniques, douillettes, amicts, chasubles, pectoraux, pluviaux, étoles, aumusses, manipules, surplis, infules, hermines, solaciers, pretintailles…

Sumit unus, sumunt mille ;
Quantum isti, tantum ille :
Nec sumptus consumitur.
Sumunt boni, sumunt mali :
Sorte tamen inaequali,
Vitae vel interitus…

Salomon dans toute sa gloire n'eut pas plus beau cortège pour l'accompagner vers le Temple. Il ne manquait, ici, que les danseurs, les joueurs de lyre, de trompe, de pipeau, de cithare, de sambuque, de psaltérion et de cornemuse, les tambourineurs, les singes savants, les cracheurs de feu, les jongleurs, les acrobates, les prophètes, les magiciens, les devineresses, les sacrificateurs…

In figuris praesignatur,
Cum Isaac immolatur,
Agnus Paschae deputatur,
Datur manna patribus.
Bone pastor, panis vere,
Jesu, nostri miserere :
Tu nos pasce, nos tuere,
Tu nos bona fac videre
In terra viventium…

Et pourtant, sous un dais blanc à bandeaux ornés de franges et de galons porté par quatre gonfaloniers, avançait Salomon, barbe au vent, les yeux clos, enveloppé dans une large chape scintillant de lourdes broderies d'or et d'argent, roi des Mèdes caparaçonné, Basileus, grand pontife, monarque persan, serrant sous un linge de chanvre pur la custode vers laquelle d'autres lévites, suivis par des porteurs de navettes, envoyaient d'exquis nuages bleutés en balançant avec souplesse les cassolettes de leurs encensoirs de cuivre. Il allait, à pas feutrés, au rythme du cantique, dans la poussière multicolore soulevée par la longue chape, tandis que se mêlaient aux chœurs les glapissements des goélands et les nasillements des colverts nichant dans les roseaux proches. Sur son passage, la foule lançait des pétales de roses puisés dans des bannettes doublées de soie, puis se prosternait dans la sciure et la jonchée où le soleil, à travers les arbres, jouait de ses rayons de gloire et de jubilation…

Réjouissez-vous !
En son sanctuaire, louez-le,
Dans ses œuvres de vaillance, louez-le,
Au firmament de sa puissance, louez-le,
Par l'éclat du cor, louez-le,
Par la harpe et la cithare, louez-le,
Par la danse et le tambourin, louez-le,
Par les cordes et les flûtes, louez-le,
Par les cymbales sonores, louez-le,
Par les gongs du triomphe, louez-le,
Par tout ce qui respire, louez-le !

Voici les porte-bannières agrippés aux hampes, troupeau tanguant de caravelles, voiles au vent, agiles comme les ailes des archanges, étendards et oriflammes à la gloire des saints et des saintes, progressant par blanche ondulation entre les arbres et les guirlandes, dans l'odeur émoustillante du printemps.

Parmi les bosquets de lauriers, derrière des bassins à rocaille, un chœur invisible entonnait une cantate. La procession, comme une immense chenille bigarrée, rampait doucement vers son terminus, un grandiose reposoir dressé entre les deux bassins, et dont le parvis rutilait de pétales de roses et de cyclamens qui montaient, par les degrés de l'autel, jusqu'à l'autel lui-même enceint de palmes, de branches fraîches, enfoui sous les lis, pois de senteur, iris, camélias, giroflées, seringas, œillets et marguerites. Le porte-croix les foulait le premier, tandis que les bannières, de part et d'autre du reposoir, s'ordonnaient face aux fidèles, suivies des thuriféraires. Dans la chaleur et la lumière, l'encens s'élevait lourdement, alors traversé par le Père des pères enveloppé dans sa chape d'or, pour gravir, en un majestueux ralenti, les marches menant au tabernacle. Là étincelait au soleil l'ostensoir dont la lunette vide recevait la custode. Lorsqu'il leva très haut dans le ciel la monstrance flamboyante, un chant d'apothéose jaillit de la foule prosternée, tel le vivat d'un sacre royal :

Aeterne Rex altissime
Redemptor et fidelium...

Tout le peuple se leva, s'ébroua, les bannières s'agitèrent, le porte-croix redescendit, et les diverses hiérarchies ecclésiastiques, les enfants de chœur ; enfin, sous le dais escorté de diacres, le Père des pères fermant la marche, fendant la foule, serrant l'ostensoir sous la grande chape, parmi les derniers chants dont les échos allaient bientôt s'éteindre sous les voûtes de la chapelle...

Au milieu de la nuit je fus réveillé par un tohu-bohu sauvage, des vociférations, des miaulements, des cris d'orfraies, des craquements de branches, des râles et des feulements. Dans mon petit lit de fer j'imaginais, en toute innocence, qu'une bataille se livrait dans la cour des Platanes, entre les cohortes des Anges dont le Connétable vêtu d'or, tel qu'il culmine sur le Mont qui est sa principauté, avait pris la tête et les Légions ténébreuses, bien que célestes aussi, des dragons empennés, ptérodactyles des sphères. L'armée de l'Innommable se livrait sans aucun doute au carnage. La coalition formidable des Anges, Archanges et Principautés affrontait l'immonde bête, le Léviathan qui avait surgi des abysses du ciel. Et je croyais voir, dans la rouge obscurité du dortoir où les divisions diaboliques se lançaient à l'assaut des troupes divines, le Connétable appeler à la rescousse ses réserves, Chérubins, Séraphins, Trônes, Vertus, Dominations et Puissances pour porter à l'engeance un coup fatal.

Le lendemain, vision du champ de bataille. Il semblait qu'une gigantesque pulvérisation, à l'eau bénite en guise de fly-tox, fût à l'origine du massacre. Les cohortes de Dieu, Connétable en tête, avaient anéanti, dans un vaste et puissant battement d'ailes, les entités perverses, diables hirsutes et autres moustiques de l'âme dont il ne restait plus, sur le sol de la cour des Platanes, que des débris : écailles calcinées, desquamations livides, brisures, copeaux, esquilles, pellicules…

Il régnait dans la cour une odeur tenace de corne et de poil brûlés qui se mêlait à celle des pétales de roses jonchant les tapis de sciure peinte, éteule après le battage des gerbes.

Déjà les oies sauvages arrivaient du Grand Nord lorsque j'atteignis Chicago, la ville aux mille tours, *charcutière du monde, pourvoyeuse et réservoir des moissons*, cité d'Al Capone, hérissée sur le Michigan que ridait un petit vent aigre descendu des solitudes boréales. Ici l'hiver commençait entre les gratte-ciel. Les ormes et les érables avaient perdu leurs dernières feuilles de sang et d'or, et formaient le long de Michigan Avenue une ceinture de fer. Chicago porte un nom indien qui lui vient des Potawatomees. Où sont-ils ? Il fallait que je me contente de méditer devant le portrait de Shabbonee qui voisine dans un musée avec le poignard de Kit Carson et des vues du vieux fort Dearborn où jadis les trappeurs, descendus d'Oshkosh ou de Muskegon avec des ballots de peaux, se ruaient sur la House of Mirrors, la célèbre maison de Lizzie Allen.

Voici Skid Row. Dylan Thomas y fréquentait les *pubs* les plus sinistres de la ville.

Dans les *slums*, cours désolées, bungalows délabrés d'Old Town, la noire poète Gwendolyn Brooks a puisé les chants de son *Bronzeville Backyards*. J'entre au Sieben's Bier Stube et, dans Rush Street, chez Isbell's, puis par Oak Park, à travers la vieille ville, je longe des demeures autrefois dominées par de grands arbres, tels que les a vus, sans doute, le jeune Hemingway qui jouait autour de ce porche où une femme se balance dans un rocking-chair.

— Ernest Hemingway ? Il était ici avant-hier. Pour revoir le quartier de son enfance... Le petit Ernie et moi, nous nous amusions ensemble, jadis. Mais il ne m'a pas reconnu... Je n'ai pas bougé du quartier. Lui, a vu tant de monde...

Dans Wabash Street, le vent du nord balayait les carrefours. Des marins faisaient la queue devant la boutique du tatoueur Phil Sparrow, dans State Street. Au-dessus de la Young Men's Christian Association, une pancarte m'invitait : *Sing your favorite hymns : join us at vespers*. J'entrai. Il faisait chaud. J'étais assis. On me donna une *Gideon Bible*. Dehors la bise soufflait...

Le lendemain, quittant les grands lacs, je faisais mon entrée dans le territoire des Sioux, en franchissant le Mississippi dont j'avais vu la source à Winnibigoshish. C'est à Des Moines que commence l'Ouest : on y porte bottes et Stetson. Là passèrent, remontant le Missouri, Lewis et Clark qui rencontrèrent leurs premiers Indiens, des Otos.

Je salue Omaha, capitale indienne du Nebraska, la rivière Platte – très plate en vérité – qui ondule à travers la Prairie. Je brûle North Platte et le ranch du trop célèbre Bill Cody, pour arriver enfin, dans la nuit, à Scottsbluff, cœur de l'Ouest légendaire de mes lectures.

De ma fenêtre, au lever du soleil, je découvre la ville. Fermiers, cow-boys, Cheyennes, Minatarees, Arapahoes s'affairent dans la rue centrale, comme au cinéma. Au bout, tourne une éolienne sur la mer jaune du *buffalo grass*, l'herbe à bisons.

A Scottsbluff sont passés les Indiens nomades et les émigrants en quête d'un ailleurs… Je rêve à mes lectures. Au terme de tous ces livres et des projets imaginaires, me voici pourtant sur la terre sèche de la Prairie. Quelque part ici, sans doute, se trouve la tombe de Natty Bumppo…

Je respire, emplissant mes poumons d'un air neuf. Je sens passer dans mes cheveux et sur mon visage le même vent qui fait de longues vagues dans l'herbe, à perte de vue. A chaque pas je bute sur les vieilles cicatrices de la gloire, des souffrances, des hauts faits et des ignominies. D'un promontoire envahi d'opuntias rampants, je vois des ornières sculptées dans la pierre tendre, traversant comme des rails d'est en ouest, pour disparaître entre les passes de Scottsbluff. C'est l'Oregon Trail, la piste tracée et gravée au fil des mois par les roues grinçantes des chariots. La Grande Prairie étale son immense robe jaune où rampe la North Platte. A l'horizon, vers l'est, se dresse l'aiguille de Chimney Rock, balise pour les caravanes, visible à plus de quarante milles. Ponctuant l'herbe, çà et là, des tas de cailloux qui sont des tombes, souvent anonymes, surmontées de simples croix de bois, reliques des peines et des rêves. Au pied de la passe, les vestiges de la forge où Antoine Robidoux réparait les avaries du voyage, avant l'assaut des Rocheuses.

Je vais plus loin, dans le désert encore : les touffes de sauges font des taches pâles, et les peupliers des flaques d'or. Je veux tout voir, tout vérifier de mes lectures, et jusqu'à présent, je ne me sens pas trahi. Par le vieux pont de bois que construisit l'armée en 1875, j'arrive au fort Laramie, sur la rivière du même nom qui était celui du trappeur français Jacques La Ramée. Quelques bâtiments restaurés demeurent, de ce fort célèbre abandonné en 1903 quand les Indiens morts sont devenus de bons Indiens. Sous ces palissades avaient campé en 1868 les guerriers de Nuage Rouge.

J'imagine, dans le vent qui fait grincer un volet de bois, les rumeurs lointaines, qui ont dû parvenir jusqu'ici, des combats de la proche Little Big Horn, les cris de victoire des hommes rouges de Sitting Bull, les hurlements des soldats égorgés, le dernier coup de pistolet du général Custer dont j'avais rencontré la petite-fille à Buffalo, grande femme aux pieds plats, au verbe haut, toujours décidée à venger son aïeul scalpé…

A travers les dix mille acres du ranch d'Elridge Scriven, je suis tombé, dans les grands vallonnements des Wildcat Hills, sur une harde de bisons broutant en paix le territoire de leurs ancêtres. J'imaginais le temps du grand massacre, ces plaines couvertes d'ossements blanchis par le soleil ; le silence profond qui avait envahi la Prairie, une fois éteints les grondements de tonnerre des millions de sabots, lorsque les tribus indiennes dispersées n'avaient plus dressé leurs *tepees* dans les herbes. Je vois bien, entre deux bouquets de peupliers, bondir quelques antilopes, mais partout ce n'est que troupeaux de gros bœufs roux au pacage, près des points d'eau que signalent des éoliennes, où des coyotes en quête d'un veau égaré détalent devant nous comme des ombres.

Pendant la nuit, je les entendrai hurler sous la lune froide, se répondant à travers le désert qui défile de chaque côté du "California Zephyr" en partance pour la Porte d'Or.

Toute la nuit, et le matin suivant, le désert succède au désert. A peine une oasis où de quelque flaque d'eau boueuse s'envolent des canards sauvages, puis après Denver brillant comme une galaxie, Central City et le visage de femme peint sur le parquet du bar de la Teller House, le Grand Lac Salé des Mormons, blanc comme un os de seiche et de nouveau un vaste désert, du Nevada (d'où surgissent de ma mémoire les romans de Zane Grey). Brusquement la sierra nous ouvre ses flancs, la forêt s'épaissit et nous longeons la Feather River torrentielle, rebondissant sur d'énormes rochers, se coulant dans d'étroites gorges sombres. Nous dépassons ainsi Oroville dont quelques vieux têtus continuent à tamiser le sable, Marysville environnée de rizières, Sacramento Valley où le général Sutter découvrit pour son malheur le premier or de la Californie, et enfin, des derniers contreforts des Rocheuses, vision de la San Joaquin Valley : vignes, vergers, jardins, Terre promise sur fond bleu du Pacifique étincelant.

Le soleil levant traverse les arbres en larges diagonales et je me dis : "C'est la même lueur mystérieuse que le soir, mais une force nous pénètre, car nous savons qu'une longue journée est devant nous et non derrière." Et je regrette, comme chaque fois que j'en prends la peine, de ne pas davantage profiter de cette annonciation matinale en saluant l'avenir plutôt que d'admirer le passé dans l'incendie magnifique du couchant. Tout en évoquant cela, en brassant bien d'autres images dans ma tête stimulée par mes jambes avançant et l'odeur neuve de l'humus, j'ai la surprise d'une allée feuillue, de l'abondance du lierre sur les vieux marronniers, je parle – à qui, mon Dieu ? à moi, peut-être – pour dire que rien n'a plus d'importance, que rien ne peut plus bouger. J'ai depuis longtemps perdu mon aspect de jeunesse, mais après tout, me dis-je en essayant d'entrevoir des écureuils dans le berceau des arbres, après tout, je m'en fiche, je n'attends plus rien que des instants de bonheur à vivre, et pourquoi perdre ses heures à imaginer un avenir tandis que fuient des minutes précieuses… et voici que le carillon de l'Enclos sonne cinq heures dans la douce fraîcheur de ce qui est déjà le jour…

Gloriosus apparuisti
In conspectu Domini
Alleluia, alleluia…

… notes inchangées qui suspendent le temps, ramènent le passé au présent : comme la mer…

La mer ! Son odeur de femme ! Le désir brusque me prend de la revoir. La plage doit être déserte à cette heure, comme autrefois, quand dans ma cabane adossée aux dunes de la Mer Sauvage, j'avais tenté, au retour de la guerre, de rassembler les lambeaux de ma jeunesse avortée…

J'arrive sur la plage alors que le soleil gonflé de sang s'élève avec lourdeur sur les basses terres où le phare de l'Espigue lance ses derniers signaux vers la mer encore obscure. Dans les dunes, autrefois si familières, plus aucune trace, naturellement, de la cabane où voilà quarante ans, j'avais, par une nuit d'orage, repris le cours d'un récit qui avait surgi de la guerre…

Que sont mes amis devenus… Je me sens entouré d'ombres. Certains sont morts, oubliés, au terme de leur course. Pendant quelques années, j'avais écrit. On m'avait répondu. Mais le temps avait très vite fait son œuvre. Le silence, désormais. Et j'avais appris, par hasard, de quelque fantôme surgi du néant, ou dans un journal, messager impassible, qu'ils avaient disparu, sans que j'aie pu leur dire… Qu'aurais-je dit ? Chaque fois les mêmes phrases, les mêmes souvenirs exhumés. Une lettre, pourtant, m'était arrivée, la semaine dernière :

"Quand nous reverrons-nous ? J'aimerais te présenter à ma femme à qui j'ai souvent parlé de toi, et à mes enfants qui ont l'âge que nous avions à la fin de la guerre… Te souviens-tu de ce gosse à qui tu avais fait un garrot à la jambe ? Je l'ai retrouvé, figure-toi, lorsque je suis retourné là-bas avec ma femme, l'an dernier, pour lui montrer où nous étions… Il est patron d'un café, à Cassino. Avec une jambe en moins. Tu parles s'il s'en souvenait ! «Et qu'est devenu celui qui m'a ligaturé la jambe ?» m'a-t-il dit… Tu verrais l'abbaye, comme elle a été reconstruite par les Amerloques… Un chef-d'œuvre !…"

L'abbaye de Monte Cassino ! Oui, je l'avais revue, trop neuve, désormais sans passé, une vraie pièce montée pour communion solennelle, un décor de la Metro Goldwin Mayer…

… le 11 février 1944, un beau matin gelé, les avions s'emparèrent de la vallée de

Sant'Elia. On entendit le râle des moteurs, lent, méthodique, impitoyable. La pluie de la veille avait épuré l'air, et les murs de l'abbaye brillaient d'une fine lumière rose dans la grisaille mauve des montagnes. Au pied de Rocca Jacula, la ville de Cassino, pilonnée sans répit par l'artillerie, avait sombré dans une fumée noire. Les Liberators avançaient, très haut, minuscules scintillements de phosphore sous le soleil. Dans la plaine, un terrible silence avait soudain occupé l'espace. Un silence opaque, lourd, menaçant. Seul planait ce ronronnement qu'une accélération animait parfois d'une rage nouvelle. Les bombardiers avançaient toujours. Lorsqu'ils furent à la verticale de l'abbaye, sans avertissement, presque immobiles, ils ouvrirent leurs flancs. De petits objets noirs en sortirent, en vrac, qui s'éparpillèrent comme de lourds confettis et filèrent en oblique vers la terre. Des flammes noires et pourpres jaillirent de la colline et le ciel craqua. Dans nos trous boueux nous sentions frémir la terre. Puis nous parvinrent les formidables tonnerres des explosions. Une deuxième vague déferla, et de nouveau, des arbres, des pans de rocher, des murailles disparurent. Une troisième, plus terrible encore, déversa ses bombes sur les derniers vestiges du monastère, qui sombra dans un brasier bleuâtre. Une quatrième, une cinquième vague s'abattirent, une sixième enfin. Lorsque l'épaisse fumée se fut dissipée au bout d'un temps qui nous parut séculaire à force de silence, l'œuvre merveilleuse de Cosimo Fansaga et de Bramante dormait dans un linceul de marbre et d'or pulvérisés. Le monastère fabuleux n'était plus qu'une vieille molaire pourrie…

Bombardement inutile, acte gratuit. On le disait alors. On le sait maintenant. J'étais revenu là-bas pour rameuter les souvenirs. Des hauteurs de la ligne "Gustav" qui s'étendait du Garigliano et du Rapido, le long des gorges meurtrières de l'Inferno, jusqu'au monte Maio, j'avais parcouru les anciens champs de bataille. Là, se trouvait encore un vieux nid de mitrailleuse ; là, Pierre, Georges, Simon étaient tombés, broyés par les *minen* ; le char de Limbert avait flambé. Chaque caillou était un repère pour la mémoire. Mais les arbres déchiquetés avaient avec le temps revêtu de nouvelles branches. En montant vers le monastère, j'apercevais au loin la vallée de Sant'Elia, dominée par le monte Cifalco, et le Belvédère où des tirailleurs, désormais légendaires, avaient repoussé, à coups de pierres, les derniers assauts allemands. Et plus loin, c'était la Monna Casale et la Costa San Pietro.

De prononcer tous ces noms me donnait aujourd'hui la chair de poule, non point tant par le souvenir de la peur et de la mort que par la nostalgie profonde qu'ils répandaient en moi : nous étions jeunes alors, et nous avions participé à la guerre de Troie, à la bataille de Pharsale, à Marignan, à Austerlitz…

Derrière, au-delà du large réseau routier et des petits marais asséchés où finissent de crouler les anciens affûts, j'aperçois ce qui reste de l'Estagnol, où je pataugeais autrefois en quête de nids de colvert, au crépuscule, tandis que passaient au-dessus de moi les grandes ombres mauves des bihoreaux en route vers leurs perchoirs. C'est là qu'un matin j'entendis comme le piétinement d'un petit troupeau alentour. Cela faisait dans l'eau des bruits de succion, et de rudes froissements parmi les roseaux. Je crus d'abord à des chiens chassant en bande pour leur compte. M'avançant dans un clair, je vis, à quelques mètres, trois sangliers immobiles qui me regardaient de leurs petits yeux jaunes embroussaillés, la hure frémissante. Derrière moi, d'autres piétinements de vase m'avertirent que j'étais pris entre deux feux, que je m'étais fourré dans un guêpier ou tout simplement sur un passage coutumier des hardes…

… Entre deux feux… C'était la guerre, au bord du Rhin, alors que nous venions de passer l'hiver dans les forêts sombres des Vosges infestées de pièges et de mines que nous cachait une épaisse neige. Enfin le repos ! Au loin la canonnade roulait au nord de l'Alsace, sur la rive droite du Rhin et vers Strasbourg libéré. J'avais embossé un petit canot trouvé à l'échouage, dans une oseraie voisine du bivouac. En laissant dériver le canot, on pouvait atteindre à l'aide du courant une petite plage boueuse à l'extrémité d'un îlot recouvert de taillis épais et de saules qui baignaient leurs pieds encombrés de ronces.

J'avais pris, comme d'habitude, ma carabine légère, avec l'espoir de surprendre quelque sanglier vautré dans sa souille. J'amarrai le canot à un tronc à moitié submergé par le gravier. Un grand héron cendré s'envola, claquant des rémiges. J'avançai dans les fourrés, vers le centre de l'île, sur un sol spongieux mais herbu qui rendait mes pas silencieux. Au moment où j'atteignais un énorme marsault dont les feuilles cotonneuses cliquetaient dans le vent, un bruit sec de branche m'arrêta net. Ce n'était pas un sanglier.

Je voyais le casque, aussitôt disparu derrière un arbre, à cinquante mètres de moi. L'homme en vert était-il seul ? Un choc mat, contre mon arbre, doublé d'une détonation. J'étais repéré. Je répondis. Une autre balle siffla à mes pieds. Je ripostai sur une ombre furtive, puis je risquai un œil. L'homme fit de même. Nos deux carabines miaulèrent ensemble. C'était trop bête. Je me surpris à rire, du célèbre rire silencieux de Natty Bumppo. Qui allait tuer l'autre ? Pas question d'être prisonnier, ni pour lui ni pour moi. Comment lui ferais-je passer le Rhin ? Ou lui, moi ? Il tira encore. J'avais deux balles dans ma carabine. Et après ? Aucun recours : ni poignard, ni revolver, ni grenade. Mais lui ? Qu'eût fait Ulysse ? Seule une ruse pouvait débloquer l'affaire. Je hurlai à pleins poumons, comme pour appeler du renfort. Je vis l'homme bondir dans un taillis en retrait, en tirant vers moi pour se couvrir. La terre gicla. Je lâchai mes deux balles en direction des broussailles. C'était la fin. Mon chargeur était vide. L'homme se leva, tenant sa carabine à bout de bras. Etait-ce une ruse, aussi ? Je me montrai à moitié, pointant mon arme sur lui, en reculant. Je lui fis signe de partir, reculant encore de quelques pas, repérant du coin de l'œil un autre abri possible. Brusquement, il fit un geste de sa main libre et plongea sous le couvert. J'entendis le bruit rapide de sa course dans les branches mortes. Je rejoignis le canot en vitesse. Le courant et le gouvernail me ramenèrent sur la berge… Au camp, je me versai une large rasade…

Dans l'Estagnol, les sangliers pataugèrent un moment autour de moi, flairant, plus intrigués qu'effrayés, puis disparurent, tout grommellements et borborygmes, comme ils étaient venus, invisibles dans le début du jour…

Dans le grand cèdre qui domine le jardin voisin, j'entends roucouler des tourterelles turques. Voilà trois ou quatre ans qu'elles sont arrivées en nombre inhabituel, et à la faveur du flux et du reflux migratoires, quelques couples ont choisi de rester. Il n'est de jour, même par temps gris, où l'on n'entende plaintes, d'une douceur chagrine, dont les tonalités s'accordent aux nuances du plumage : mélange subtil d'écume irisée, de crème légère et mauve mêlée à du gris laiteux…

Et tandis que du hamac qui est désormais mon poste d'observation j'écoute ces éplorations langoureuses que brisent, çà et là, les explosions d'airain du carillon sonnant midi, l'heure de l'angélus, où le ciel est encombré d'anges qui rejoignent leur cantine, l'appétit leur donnant des ailes, je pense (à cause du cèdre) aux trois séquoias qui se dressent au bord de la route, au sommet d'un petit col de Lozère. Leurs troncs rouges, à la base évasée, insolites en ce lieu, intriguent le voyageur. Ils culminent au-dessus d'un vaste champ, ou plutôt d'une clairière envahie de gentianes jaunes. Et comment l'image de cet arbre étranger n'aurait-elle pas fait lever en moi celles que j'avais ramenées de ces lointains pays où règnent, souverains, les plus beaux séquoias du monde ? Et plus lointains, les livres que j'avais lus jadis à l'Enclos, qui, pour la première fois, m'avaient révélé le nom de cet arbre vertigineux, et emporté, tels les tapis volants des contes orientaux, au cœur des forêts du Nouveau Monde… Un voyage au pays de géants, c'est bien ce que j'avais fait, lorsque, après avoir suivi la route qui par le Golden Gate Bridge mène aux monts Tamalpais, je suis entré dans Muir Wood, royaume des séquoias, une cathédrale lambrissée d'arbres rugueux dont les futaies font échec au soleil et diffusent une pénombre d'aquarium. De là j'avais poussé vers le nord, au-delà de Petaluma, sur la Russian River, traversant des forêts profondes et des torrents bondissants au bord desquels s'accrochent encore les cabanes de rondins de la "belle aventure", pour bifurquer enfin vers la côte sauvage du Pacifique découverte soudain du haut des falaises désertes, survolée par des flottilles de pélicans blancs, tandis que le soleil écarlate s'enfonçait dans les flots. Un immense nuage de soufre barrait l'horizon, et à mes pieds des rochers torturés s'avançaient vêtus de noir parmi les ourlets des vagues violettes, dans le sombre bruit d'ailes des cormorans. De longues algues s'étiraient au bord des eaux mourantes des criques ; l'on eût dit que l'Océan rejetait quelque toison géante sur le sable gris de Shell Beach.

Et ce fut le retour vers San Francisco, par le pont de Salmon Creek et la longue baie de Tomales quand la nuit eut terrassé les dernières flammes pâles.

Les vertes collines de San Francisco sont des jardins suspendus au-dessus du bleu Pacifique et l'on ne sait si les vieilles demeures espagnoles, d'une blanche gaieté, où vécut Zorro, sont accrochées au sol, ou si elles sont des caravelles à l'ancre, entre l'eau et la végétation débordante. Arbres, fleurs, cactus forment une masse sereine, un fleuve de chlorophylle dont les cent bras descendent des collines pour se jeter dans les criques radieuses et grossir le grand réservoir de la baie.

San Francisco, ville ouverte aux quatre éléments…

San Francisco !

Son histoire commence dans un parfum de menthe. L'herbe bienfaisante, la *yerba buena*, vulnéraire pour les Indiens (Hupas, Chumashans, Costanoans, Cahuyas, Pomos,

Yanas ?), poussait en abondance lorsque arrivèrent les Espagnols. Elle donna son premier nom à ce petit comptoir qui allait devenir la prodigieuse San Francisco de Asis, limitée à l'époque à quelques maisons groupées autour de la mission Dolores aux plafonds de bois peints par les Indiens catéchumènes et de son petit cimetière envahi de géraniums et de bougainvillées. J'y rêvai à la cambrure de Kim Novak dans *Vertigo.*

San Francisco vivait alors du trafic de peaux de phoque et aurait sans doute tardé à devenir une grande cité sans l'affolante nouvelle parvenue de Sacramento, un beau jour, comme un coup de tonnerre : les rivières de Californie roulaient de l'or. L'or ! De l'or, de l'or à qui en voulait. Tous en voulaient. La ville grandit à vue d'œil.

Chinatown et ses lanternes de papier, ce fut ma première vision nocturne, sur fond de musique aigrelette tout au long de Grant Street où luisent des pagodes galbées, des balcons de laque, des dragons multicolores ; où la foule s'écrase dans les échoppes ; où l'odeur des cuisines se mêle au sombre parfum âcre de la brume océane. Des carillons de légers bambous, des chapelets de grelots de bronze s'agitaient délicatement aux devantures et je percevais derrière les portières de perles le froufrou des robes de satin, le doux frémissement des kimonos de soie. A deux blocs de Powel Street et d'Union Square où les pigeons emplissent l'air de leur roucoulement, l'Orient souriait de toutes ses chimères peintes, de ses femmes de jade et d'ivoire.

Me voici dans le tramway qui ferraille, montant et dévalant les rues escarpées, et plongeant soudain sur Fisherman's Wharf. L'Orient a disparu. C'est la Méditerranée qui s'offre à moi sous la lune éclairant les flottilles de pêche, qui somnolent dans le soir tiède. Une odeur de crabes frits s'élève doucement au-dessus des mâts.

L'eau noire et luisante clapote contre le quai où, à jamais amarré, le vieux caphornier *Balclutha* dresse ses agrès à travers lesquels semble s'élever le chant d'adieu des marins au terme des voyages :

Oh, the ship is old and leaking fast,
Leave her, Johnny, leave her !
Oh, the ship is old and will not last,
It's time for us to leave her !

Un grand coureur pour toujours à l'amarre est aussi triste qu'un albatros empaillé. Voyez le *Passat* à Lubeck, le *Cutty Sark* à Londres : des mausolées de l'aventure...

Je franchis la Porte d'Or. A Sausalito, sur une maison flottante, je fais griller des sardines avec Guiomar, la fille de Jaime de Angulo, homme de fer et de feu, poète, ethnologue, coureur de savanes, disciple de Jung, plus indien que les Indiens, un de ces héros qui ont traversé mes lectures, tel l'infatigable et noble vieillard don Agostin Perez de Sandoval des *Bandits de l'Arizona*... Nous allons manger des macaronis à la trattoria de Giuseppe Ferrari, un ancien ténor échoué à Frisco au terme d'une lamentable tournée, qui se consolait, entre deux sauces à la bolognaise, avec un appareil à jetons qui contenait vingt de ses propres disques contre un seul de Caruso...

Un marin fume sa pipe, assis sur un tas de caisses. Je m'informe du *Balclutha*, de la vie du port. Il me parle des *Three L's*.

— Les "trois L" ?

— Autrefois les capitaines des navires côtiers ne savaient pas naviguer avec les astres. Ils utilisaient les "trois L"... *Log* (loch), *lead* (sonde) et *look out* (vigie)... Un *old sea dog* expérimenté, bien averti des lieux, utilisait cette méthode avec brio... Evidemment à l'intérieur de la baie, on navigue à vue...

— Est-ce que c'est possible d'aller à la pêche ?

Il lance un jet de fumée, me dévisage de ses yeux plissés :

— Faut connaître un pêcheur... C'est pas facile...

— Un vrai, vous voulez dire... Vous en connaissez ?

Il me regarda de nouveau d'un air souverain, comme aurait pu le faire Josuha Norton, l'empereur de Californie, et jeta un simple mot qui résonna tel un petit galet dans une timbale d'argent :

— Yeah !

J'attrapai le lendemain mon premier poisson californien, ferré entre le Gate et Alcatraz, suivi de bien d'autres... Mais il fallait partir...

Il faut toujours partir...

Le "Southern Pacific Railways" descendait le long de la baie pour atteindre bientôt les montagnes de Redwood City, Palo Alto, San José, la vallée de Coyote Creek ; le train bifurquait alors vers les vergers de Gilroy, en suivant la Pajaro Valley ou vallon des oiseaux, Castroville, capitale mondiale des artichauts, pour laisser sur sa droite Monterey, les premières pentes des monts de Santa Lucia, traverser Salinas, la mission San Miguel, les amandiers de Paso Robles, la vieille ville espagnole de San Louis Obispo, les grasses prairies d'Atascadero, pour rejoindre le Pacifique du côté de Lompoc. Nous longions alors les montagnes de Santa Ynès. Un vol de pélicans croisait au-dessus du train ; j'apercevais leur bec en sabot, leur transparent plumage blanc, admirant l'aisance de leur vol puissant, d'une lente élégance. L'Océan luisait au soleil comme une plaque de métal et illuminait les pacages qui montaient à perte de vue vers les cimes boisées. Enfin, dans un berceau de verdure tropicale apparut Santa Barbara, qui serait bientôt ma ville pour un temps, et surtout *Nuestra Señora del Refugio*, le ranch où je vivrais, au nord de Gaviota, sur l'Arroyo el Bulito. La grande maison perdue dans un massif d'énormes chênes, d'eucalyptus et de plaqueminiers, je l'imaginais peuplée des personnages de Tennessee Williams ; mais, surtout, elle évoquait ces heureuses demeures de vacances telles que l'esprit les construit à travers les livres où j'avais découvert l'Amérique. Le ranch s'étendait bien au-delà de l'horizon des montagnes. L'Océan tout proche roulait de grosses vagues blanches et des oiseaux de mer descendaient pour dévorer les poissons échoués, du haut des vertigineuses falaises où j'entendais barrir des phoques invisibles. A l'aube, devant ma fenêtre passaient dans les herbes des compagnies de colins, et les *mocking birds* attaquaient vigoureusement les kakis mûrs.

Une nuit – la pluie tombait depuis deux jours, providentielle – je fus réveillé en sursaut : un incendie illuminait le ciel au-dessus des collines. Des camions bâchés ramassaient les habitants valides pour les transporter sur les lieux du sinistre. Mais où ? Les cow-boys abrités par de larges ponchos huilés remorquaient des citernes, entassaient des pelles, des pioches, dans un half-track où je pris place vêtu d'un ciré et d'un grand chapeau de cuir. Ce fut une équipée de trente kilomètres à travers les pentes de la sierra, parmi les fondrières, sous la pluie battante, en direction de cet embrasement qui reculait toujours. Au petit matin, fourbus, ivres de nuit, nous étions revenus au ranch, plus ou moins satisfaits de n'avoir vu qu'une aurore boréale qui s'était emparée du ciel quelque part dans le nord...

Le lendemain la pluie cessait et je pouvais enfin suivre les bœufs en convois vers d'autres pâturages et assister, du côté de Salmon River, à la capture au lasso des cochons sauvages...

Mais il fallait encore partir...

... Toute une nuit dans le désert Mohave au rythme régulier du train. La voie ferrée longeait au sud la vallée de la Mort où le célèbre Death Valley Scotty a extrait sa fortune d'une mine secrète dont il a emporté les clefs dans la tombe. Au petit jour, à l'orée du désert, nous franchissions les territoires des Havasupaïs, le peuple des Eaux Bleues, et des Hulpaïs, où commençaient à se dresser des pins et des genévriers torturés par le vent. Après Williams s'étalait un vaste plateau boisé, et choc au plexus, la gigantesque entaille, le Grand Canyon béant à nos pieds. Ici, les chiffres sont vains, incapables de dire les couleurs (ocres, verts, pistache, blanc marbré, rose saumon, jaune soufré, rouge safran) que le soleil altère au long de sa course ; ni les formes non plus des roches limées par le vent, sculptées par les déluges, ciselées par les pluies et la grêle. En face, la création du monde, la genèse de la terre aux premiers jours silencieux du commencement des choses ; à moins que ce ne fût l'agonie, la stérile et lunaire agonie du globe, lorsque, les hommes n'étant plus que fourmis grillées sous une loupe géante, l'astre mort roulera sans fin dans un ciel inchangé. Là-bas, plus au sud, le désert exposait ses forêts d'agate, colonnes effondrées d'un monde perdu.

C'est alors que le son du tambour indien emplit le soir qui teignait de lait bleu ces abîmes, rythmant les chants des Hopis sur leurs falaises. J'étais au pays des dieux qui dansent…

Encore un rêve transmué en réalité. Je n'y avais jamais cru, même si je le souhaitais. Jadis, à l'Enclos, pour calmer ma fringale des voyages, j'écrivais de petits poèmes. Ainsi :

Tu penses,
Je n'irai pas
Traîner ma panse
A Java
Où jamais l'on ne danse
La java.

Je ne suis pas allé à Java. Il est probable que, de mon hamac, je n'irai jamais dans cette île et resterai fidèle à mon poème. Mais le Nouveau-Mexique ! Je l'avais appelé de tout mon être. Et j'y étais enfin, sur cette terre, parmi ces Indiens qui faisaient depuis toujours partie de ma famille.

Je pouvais maintenant mettre des visages sur ce qui était resté trop longtemps des noms…

Je suis revenu à l'Enclos. Je marche sous le préau qui mène, du parvis de l'ancienne cour des Miracles, aux deux bassins à rocaille entre lesquels se dressait, en apothéose, le dernier reposoir de la Fête-Dieu. Les élèves sont en classe. Je suis seul. Curieuse impression de flâner dans une cité déserte et de tenter la folle aventure d'y reconstituer la vie, par projection de la mémoire ; dans les villes mortes de l'Antiquité l'on recrée par l'imagination le mouvement des foules et l'intensité du trafic. Autrefois, le silence humain, à cette heure studieuse, était percé de pépiements, clameurs, roucoulements, venant des volières et des bassins. A peine si, maintenant, il est troublé par le cri fulgurant d'un paon qui en fait mesurer l'épaisseur. Je découvre soudain que le tronc des platanes a triplé. Le temps a pris de l'embonpoint. Il semble qu'il se soit nourri des statues qui subsistent dans le parc. Une pietà de *terra cotta* se désagrège, privée d'un nez, d'un orteil ; une tête de roi enfouie dans un massif herbu (Roi mage, prophète ?) a perdu un morceau de sa barbe, quelques fleurons de sa couronne. Le trident de Neptune est émoussé. Les jardiniers sont morts : la salsepareille s'agrippe aux lauriers-tins ; la ronce égratigne les lilas...

Un homme, apparu au détour d'une allée, m'aborde.

— Vous cherchez quelqu'un ?

— Oui, un enfant... qui était ici, voilà longtemps... j'étais cet enfant...

Il ne dit rien, n'ose plus m'informer que l'Enclos n'est pas un parc public, que les visites...

— Je ne suis pas un étranger, dis-je, j'ai connu le Père des pères. J'avais sept ans lorsque j'ai franchi le portail de fer... Je suis un peu chez moi, ici, monsieur...

Il bredouille une excuse, me salue et me quitte. Je dirai même qu'il me fuit, comme l'on évite un fantôme. J'avais connu le Père des pères, qu'il n'avait jamais vu lui-même ; j'étais donc d'une autre race, d'un autre temps. A peine savait-il qui était le Père des pères mort au lendemain de la guerre.

Revenu de celle-ci, j'étais allé vers l'Enclos, après avoir visité la maison sur la colline. Je savais que le *Kapellmeister* était toujours là, car une affiche en ville annonçait un concert, son premier depuis la fin du chaos. Je lus le programme comme on redécouvre un monde disparu : Clément Janequin surgissait des ténèbres pour rêver *Si Dieu voulait que je fusse arondelle* ; Joseph Haydn invoquait son “vieux doux printemps”, tandis que le “chant nocturne du voyageur” s’élevait de la poitrine de Liszt. Le *Kapellmeister* ! Je le retrouvais bien, avec son visage sculpté, ses cheveux ondulés, ses mêmes gestes, sa fermeté et sa souplesse. Le temps s’était rejoint. Et, chose incroyable, miraculeuse, le Père des pères vivait, et Falbert, et l’abbé Maurriat. Ils avaient traversé la tourmente. J’avais pu les revoir !

Le Père des pères m’avait serré dans ses bras. Je sens encore sa barbe frotter ma joue, et son parfum de lavande vanillée. Je ne disais rien. Mon enfance était intacte et pourtant perdue. J’éclatai en sanglots.

— Mon enfant, mon enfant…

Il me lâcha brusquement.

— Venez, faisons le tour du parc, comme autrefois…

Un paon brailla, fabuleux, parmi les années envolées. Nous marchions dans la bambouseraie. Des élèves passaient, qui saluaient. Comme autrefois, le Père des pères soulevait son chapeau romain à larges bords onduleux. Ses yeux pâles, vifs, agiles, captaient le moindre geste, la moindre crispation du cœur, le moindre nuage de l'âme. Mais il me semblait que, plus qu'autrefois, ils regardaient vers l'intérieur d'un monde qui avait fait son temps. Par chance et par bonheur, j'avais retrouvé le Père des pères, mais il m'apparaissait sous l'aspect du vieux batteur d'estrade Nathaniel Bumppo au terme de ses courses, relevant ses derniers pièges, avant de s'allonger à côté d'Hector, son chien, dans la tombe :

Le Trappeur était resté presque sans mouvement pendant une heure entière. Ses yeux seuls étaient de temps en temps ouverts et refermés. Lorsqu'ils étaient ouverts, ils semblaient attachés sur les nuages transparents qui, à l'occident, se jouaient sur l'horizon, et où venaient se refléter les brillantes couleurs d'un coucher de soleil américain. L'heure, l'occasion, la beauté calme de la saison, tout se réunissait pour remplir les spectateurs d'un respect religieux. Tout à coup, tandis que Middleton réfléchissait à la position remarquable dans laquelle il se trouvait, il sentit la main du vieillard qui serrait la sienne avec une force incroyable, et le Trappeur, soutenu des deux côtés par ses amis, se leva droit sur ses pieds. Il jeta un regard autour de lui, comme pour inviter tous ceux qui étaient présents à l'écouter

– dernier reste de faiblesse humaine ! – et alors, levant noblement la tête en prenant une attitude militaire, comme s'il se préparait à répondre à l'appel de son nom, et d'une voix qui pouvait être facilement entendue dans toutes les parties de cette nombreuse assemblée, il prononça emphatiquement le mot : Présent !

Je ne devais plus revoir le Père des pères. A mon retour d'un long voyage, il me fallut me pencher sur une tombe, dans la crypte, sous la chapelle…

Et peu à peu, d'un Enclos toujours plus éprouvé par l'âge, tous les témoins du Paradis s'en sont allés, emportant avec eux les trésors de Golconde… M'emportant un peu, beaucoup…

La vie : une étoile filante… Qui aurait le temps de faire un vœu ?

Je passe devant des volières vides. Les biches indiennes sont dans l'éternité, et les goélands vociférateurs, les colverts, les perroquets, les chiens, les colombes, les tortues qui ont égayé mon enfance, dans cet Enclos encore à portée de ma main, dont je vois le clocher, dont j'entends le carillon et les rainettes dans les bambous, tandis que me parvient, du recoin le plus profond de moi-même, le chœur final de la *Passion selon saint Jean* qui me restitue le visage buriné du *Kapellmeister*, les yeux vifs du Père des pères, l'odeur douceâtre du dortoir, le parfum soûlant de l'encens, dans ce hamac que je ne quitte plus, où je sombre, me balançant dans la mémoire…

Putney Common, Londres.
Villa Marguerite, Montpellier.

OUVRAGE RÉALISÉ
PAR LES ATELIERS GRAPHIQUES ACTES SUD
PHOTOCOMPOSITION : SOCIÉTÉ I.L.,
A AVIGNON.
ACHEVÉ D'IMPRIMER
EN DÉCEMBRE 1991
PAR L'IMPRIMERIE FLOCH
A MAYENNE,
SUR PAPIER DES
PAPETERIES DE JEAND'HEURS
POUR LE COMPTE DES ÉDITIONS
ACTES SUD
LE MÉJAN
13200 ARLES

DÉPÔT LÉGAL
1re ÉDITION : JANVIER 1992
N° impr. : 31626
(Imprimé en France)